KB005256

# This is Africa

# 디스 이즈 아프리카

*This is Africa*

정해종

ㄴㄴ〉〈ㄷㄷ

# 프롤로그

◆

청춘을 자각할 때, 그리하여
단 한 번뿐인 것들이 뜨겁고 눈물겹게 다가올 때,
희망은 언제나 막연하고 절망은 구체적이다.
인생이 대체로 그런 것이다, 라고 믿는다.
그럼에도 불구하고
무언가에 홀리듯 깊이 매료되어 있을 때,
불행의 이유들은 먼지처럼 바람에 날린다.
내게 '몰입'은 행복의 다른 말이다.
그런 의미에서 나의 지난 10년은 행복했다.
풍덩 빠져 있었으므로.

『터치 아프리카』 이후 오랜만에 새 책을 묶는다.
그동안 낯선 곳에서 내게 말을 걸어주었던
사람들, 동물들, 풍경들
모두에게 고마움을 전한다.
덕분에 외롭지 않았노라고.

차례

# 잠들지 않는 자의 땅

프롤로그  6

에필로그  276

아프리카를 여행하는 법  12

사막과 도마뱀  18

평원의 시간  22

들꽃의 제복을 입다  28

아프리카에 눈 내리다  34

와인과 염소탑  40

화염수 그늘 아래  47

거리에서 말을 걸어오는 사람들  53

그게 바로 내 마음이다  58

치타에게 일어난 생애 최초의 일들  63

엉덩이를 걷어찰 것인가, 무릎을 꿇을 것인가  68

두 수용소에서 생긴 일  74

맨발과 알비니즘  84

치무렝가의 전설들  90

신비와 공포의 세계에서 보낸 한 철  95

# 시원으로의 여행

# 인간 속에 깃든 신

되는 것도 없고 안 되는 것도 없다   117

주경야작 반농반예(晝耕夜作 半農半藝)   124

그림 같은 이야기, 이야기 같은 그림   131

하늘 아래 첫 동네에서 일어난 작은 기적   137

이 아이들의 눈을 보세요   143

가슴속에 와 박히던 대평원의 낙뢰들   150

최초의 아티스트들을 찾아서   157

숲은 우리의 교과서이며 백과사전입니다   163

칼라하리 초원의 제왕 심바의 생애   169

칼라하리는 목마르다   175

쇼나 조각이라는 바이러스   200

풀리지 않는 신비의 건축술   205

현재진행형으로서의 미술   212

문화적 신념에 대한 존경   219

명상과 망치질   223

텡게넨게 조각공동체   227

주술과 정령신앙   234

가분수와 숫다리의 비밀   240

마침내 예술의 옷을 입다   246

아프리카 부족미술의 아이콘들   251

# 잠들지 않는 자의 땅

## 아프리카를 여행하는 법

◆

　　　　　　　　　성 아우구스티누스는 "세계는 한
권의 책이다"라고 갈파하며 한마디 덧붙였다. "여행하지 않는 자
는 그 책의 단지 한 페이지만을 읽을 뿐이다." 그의 말대로라면
여행은 독서이다. 세계와 인생에 대한 가장 정실한 독법, 그게 여
행이라는 것이다. 수많은 여행자들이 가슴에 새겼을 법한 얘기
다. 그러나 문제는 도서관에 들어앉아 일생을 산다고 해도 읽어
야 할 책은 넘쳐나며, 아무리 많은 곳을 헤매고 다녀도 길은 도처
에 널려 있다는 것이고, 세계와 인생은 여전히 오리무중이라는
것이다.

　여행하는 자가 그렇지 않은 자보다 식견이 넓다거나 생에 대한
진정성이 있다는 근거는 어디에도 없다. 여행지 정보에 대한 잡
다한 지식들이라면 몰라도. 『국화와 칼』을 쓴 루스 베네딕트 여
사는 단 한 번도 일본에 가본 적이 없으나, 이 책은 출판 이후 반
세기 동안이나 일본에 관한 최고의 저작으로 추앙받고 있다. 독
일에서 최초로 자연지리학을 강의했던 이마누엘 칸트는 그의 고
향인 쾨니히스베르크로부터 1백 마일 이상을 여행해본 적이 없

다는 것 또한 잘 알려진 얘기다. 그는 오직 자신의 서재에서 독일 관념철학의 기초를 놓았다. 해외를 자유롭게 여행하기 시작한 지 고작 20년밖에 되지 않은 우리들에게 여행은 어쩌면 막연한 기대와 몽상인지도 모른다.

이름만으로도 가슴을 뛰게 만든다는 배낭족의 바이블 『론리 플래닛』의 창업자 토니 휠러는 평생 여행을 즐기면서 굴지의 사업체를 일군 재능과 운을 겸비한 사람이다. 그는 "그동안 다녀온 여행지 중에서 가장 좋았던 곳이 어디입니까?"라는 질문에 "공항의 출국장이요"라고 다소 엉뚱한 대답을 한다. 질문을 한 사람은 적이 당황했겠지만, 나는 무릎을 쳤다. 내게 여행은 곧 떠날 여행에 대한 기대와 동경 이상의 것이 아니었다. 동조자가 한 명 더 있다. 영국 히드로 공항에 머물며 『공항에서 일주일을』을 펴내 화제를 모았던 알랭 드 보통. 그는 자신의 여행 에세이 『여행의 기술』에서 "집에 눌러앉아 얇은 종이로 만든 브리티시 항공 비행 시간표를 천천히 뒤적이며 상상력의 자극을 받는 것보다 더 나은 여행은 없을지도 모른다"고 썼다.

여행(旅行)은 말 그대로 나그네의 행각이고 나그네의 발길은 정처 없기 마련이다. 유람(遊覽) 또한 노닐거나 떠돌며 보는 것이다. '여(旅)'와 '유(遊)'가 일찍이 선인들이 고상한 아취와 지고한 덕목으로 여겼던 풍류의 영향인지는 모르겠다. 어쨌거나 우리에게 여행은 구체적 목적이나 행위보다는 완전한 자유의 실현쯤으로 이해되지 않았나 싶다.

나의 경우는 확실한 목적이 없으면 쉽게 움직이지 않는 편이다. '여(旅)'보다는 '행(行)'에 방점이 찍힌다고 할까. 그래서 아프리카는 수없이 다녔어도 동남아와 남태평양의 휴양지들은 한 번도 가본 적이 없다. "왜 떠나는지를 생각하고 떠날 것." 토니 휠러가 말하는 여행의 제1계명이다.

그렇다면 여행지로서 아프리카는 어떨까. 어느 곳이나 그렇듯 좋기도 하고 나쁘기도 하지만, 아프리카는 우리와 다르다. 달라도 많이 다르지만 틀리지는 않다. 그냥 차이일 뿐이라는 것이다. 그러나 나는 아프리카가 우리와 다르다는 차이의 인식에 대해 그리 중요하게 생각하지는 않는다. 차이는 당연한 것이니까.

내가 중요하게 여기는 것은 그곳과 여기가, 그들과 우리가 '같다'라는 동질적 인식이다. 다른 것으로만 생각하자면, 아프리카는 미노타우로스의 미궁처럼 불편하고 해괴한 곳이다. 동질적 인식은 기대 이상의 아프리카를 경험하고 돌아올 수 있는 아리아드네의 붉은 실이다. 그러니 그걸 놓지 말자. 이것이 나의 아프리카 여행 제1계명이다.

나의 사적인 경험을 토대로 아프리카 여행의 참고 사항 몇 가지를 추려보면 다음과 같다. 먼저, 시계를 과신하지 말자. 아프리카의 시계는 앞으로만 가는 게 아니고 뒤로도 간다. 그들의 시간관이 그렇다는 것이다. 살바도르 달리의 축 늘어진 시계 그림은 아프리카의 시간관에선 초현실의 영역에 끼지 못한다. 나이로비에서 오후 7시에 출발해 이튿날 오전 8시 몸바사 도착 예정인 야간열차는 두세 시간 정차하는 일이 허다하지만, 누구도 불평하지 않는다. 교통편을 연결할 때 시간을 빠듯하게 정하면 낭패를 당할 수 있으니, 늘 여유 시간을 염두에 두어야 한다. 사람을 만날 때는 더욱 그렇다. 약속시간에 한 시간이나 늦은 사람이 씩 웃으며 나타나 오는 길에 소가 도망가서 잡아 붙들어 매고 오느라 늦었단다. 그걸 어쩌겠는가. 절대 시간 가지고 스트레스 받지 말 일이다. 혹 예기치 않은 일로 당신이 약속시간에 늦거든 미소를 머금고 차분하게 사정을 얘기하면, 상대가 아무렇지도 않다는 듯 "노 프라블럼!" 할지도 모른다.

길은 반드시 두 사람 이상에게 물어보라. 아프리카 사람들의 친절은 정확한 정보의 전달이 아니라 소통 자체에 있는 듯하다. 아니면 멀리서 온 이에게 뭔가를 일러주어야 한다는 강박이 있는지도 모르겠다. 어쨌거나 그들이 가리키는 방향은 '거시기'처럼 모호하다. 차를 타고 길을 물어보면 자신의 행선지가 그 방향이라며 같이 가잔다. 목적지에 내려주고 일러준 대로 한참을 가다보니 아까 그 사람을 태웠던 곳이 다시 나온다. 이런 일로도 절대 스트레스 받지 말자. 안 그러면 약으로도 해결되지 않는 두통이 찾아온다. 두 사람 이상이 같은 곳을 가리킬 때, 그 정보의 정확도는 90퍼센트 이상이라고 봐도 무방하다.

지도가 눈에 띄거든 무조건 챙겨라. 아프리카에선 도심을 벗어나면 관광안내소 같은 곳을 찾기 힘들다. 서점에 가도 지도 같은 건 보이지 않는다. 지도가 구비되어 있지 않은 게 아니라 대부분 지도 제작 자체가 이루어져 있지 않은 경우다. 반드시 지도가 필요한 경우 가까운 곳에 호텔이 있다면 지도가 있을지도 모르지만, 호텔이 있으리란 보장은 없다. 그곳이 시골이라면 말이 잘 통하고 지리에 밝은 사람을 찾아 귀찮아할 정도로 물어서 지도를 그리는 편이 낫다. 그렇게 그린 지도는 다른 이에게 한 번 감수를 받는 것이 실패를 줄이는 방법이기도 하다.

선글라스는 선택, 외투는 필수. 최대한 간소하면서 편리한 복장은 아프리카 여행의 불문율이다. 핫 시즌엔 면 티에 반바지, 걷기에 적합한 운동화와 가벼운 외투가 최적의 패션 아이템이다. 추운 계절에는 거기에 바지와 외투를 교체하면 되는데, 건조한 지역에선 해가 떨어지면 선선해지고 밤이 되면 제법 쌀쌀하기까지 하다. 객지에서 감기에 고생하지 않으려면 밤이고 낮이고 아프리카가 더울 것이라는 편견은 버려야 한다. 아프리카에서는 열대야로 잠을 설치는 일이 없다. 개인적인 편차야 있겠지만, 우리가 느끼는 더위는 온도보다 습도의 영향을 더 받는다. 나의 경우는 비행기를 갈아타기 위해 들르는 싱가포르나 홍콩의 날씨가 더 참을 수 없었다.

여행 지역의 언어로 인사를 해보라. 그러면 자신을 바라보는 눈빛의 온도 차이를 느낄 수 있다. 그건 당신과 당신 부족의 문화를 존중하며 친분과 우정을 나누고 싶다는 의미를 내포하고 있다. 그러니 아무리 성미가 고약한 사람이라도 살짝 입꼬리가 올라가기 마련이다. 내가 자주 찾는 쇼나 부족의 마을에선 '마가디!(안녕하세요)' 하고 외치면 사람들이 악수를 청해오고, 마을을 빠져나오며 '사라자카나가!(안녕히 계세요)' 하고 외치면 인근에 있던 모든 사람들이 손을 흔들어준다. 인사를 할 때 물론 발음은 중요하지 않다. 외국인이 우리에게 '안녕하슈' 한다고 해서 기분 상할 일은 아니니까. 간혹 예기치 않은 일로 몰린 난감한 상황에서 의외로 쉽게 빠져나오는 방법이 되기도 한다.

# 사막과 도마뱀

◗

　　　　　　　　태양이 선인장 가시 같은 볕을
쏟아내고 있는 모래언덕의 가파른 경사면을 새끼 도마뱀 한 마리
가 기어오른다. 도마뱀의 잰걸음이 아슬아슬하게 버티고 있던 모
래알들의 균형을 살짝 건들자, 발가락 사이에서 몇 톨의 모래알
이 모래언덕의 경사면을 타고 흐른다. 쓸린 모래알들은 다시 일
당백의 무리들을 이끌고 크기를 키워가며 언덕 아래로 무너져내
린다. 이내 모래언덕은 먼지와 굉음에 휩싸인다. 아뿔싸, 모래사
태다. 순식간에 언덕 하나가 사라지고 그 옆에 완만한 구릉이 하
나 생겨났다. 내가 도대체 무슨 일을 벌인 것일까. 자신의 발끝에
서 비롯된 이 사태를 믿지 못하겠다는 듯 도마뱀의 눈이 휘둥그
렇다. 뙤약볕 아래에서 도마뱀은 한동안 걸음을 떼지 못한다.

　도마뱀에게는 사막이 곧 까마득한 우주이다. 그 우주의 장엄한
인과율을 목도한 새끼 도마뱀은 충격에 휩싸인 채 혼돈의 상황을
받아들이기 위해 애를 쓰고 있는 것이다. 이마에서 솟은 땀이 뺨
을 타고 흐르기도 전에 증발시켜버리는 불모의 모래언덕에도 생
명이 있고 그 생명들을 키우고 다스리는 질서가 있다. 수시로 지

형을 바꾸는 보이지 않는 힘들이 작용하고 있는가 하면 먹이사슬이 있고 자연의 순환구조가 있으니 신은 참으로 위대하고도 지독하다. 그의 사전에 포기라는 낱말의 뜻을 단 적 없으니, 신은 인간이 버린 땅마저 치밀하고 섬세한 손길로 관리한다.

사막은 자신의 영역 안의 모든 생물들에게 허드레 것들에 대한 잔재주를 허락하지 않는다. 그래서인지 사막의 생물들은 말수와 불필요한 움직임이 적다. 참으로 단호하고도 엄격한 부성(父性)이다. 사막은 또 낯선 것들의 기웃거림을 허락하지 않는다. 호기심 가득한 눈으로 이곳저곳 헤집고 다녀봐야 보여줄 것도 들려줄 것도 없으며, 당신에게 궁금한 것도 없으니 이제 그만 돌아가라고 말하는 것만 같다. 뭐 이렇게 무뚝뚝한 풍경이 다 있을까 싶은데, 오랜 시간 두고 보면 그 무뚝뚝함도 다감하게 보이는 모양이다. 사막의 사람들은 그렇게 말한다.

사막처럼 그리기 힘든 풍경도 없다는 건 그런 말일 것이다. 선 몇 개 그어놓고 선과 선 사이를 다른 색감으로 채워넣는다고 해서 그게 사막으로 보일 리 없다. 사막을 사막으로 와 닿게 하려면 모래와 하늘 사이에 보이지 않는 그 무엇을 그려넣어야 한다. 사막의 본질은 땅을 덮고 있는 모래와 텅 빈 하늘이 아니라, 그 사이를 채우고 있는 어떤 것이다. 사막을 사막이게 하는 것, 그게 뭐지? 무엇이든 증발시켜버리는 건조한 대기와 바람일 수도 있겠고, 고독하게 버티고 서 있는 선인장이거나 낙타 행렬의 하염

없는 발걸음일 수도 있겠다. 내 생각을 말하자면, 그건 '시간'이다. 멈추어 있는 듯하면서 아주 조금씩 기울기를 낮춰가는 모래사면의 그림자, 거기에 남겨진 작은 짐승의 발자국, 아무도 모르게 모래언덕 하나가 사라지고 새로 생겨나는 변화무쌍한 힘이며, 무수히 변화와 반복을 거듭해온 거대한 시간의 흔적이다.

2백 살까지 산다는 갈라파고스 거북이나 110미터가 넘는다는 아메리카 삼나무처럼 아주 오래되거나 거대한 것들에겐 감히 범접할 수 없는 위엄이 있다. 하늘의 뜻을 알게 된다는 사람의 나이가 쉰인데, 2백 살을 산다면 또 무엇을 알게 될까? 뭐 좀 안다고 하는 우리가 세상을 바라보는 눈높이는 2미터가 채 되지 않는다. 그럼 110미터가 넘는 눈높이로 바라본 세상의 모습은 또 어떻게 다를 것인가? 가령, 키는 광화문 어느 보험회사 앞에 서 있는 망치질하는 조각만큼 크고 의학의 힘을 빌리지 않고도 2백 년을 넘게 사는 이가 있다면, 사람들은 그의 위엄과 신령스러운 기운 앞에 모두 무릎을 꿇고 예의를 갖출 것이며, 그 가운데 일부는 그의 한마디 한마디를 정성스럽게 기록하여 경전으로 삼을 것이다. 상상하기 힘든 시간과 크기를 지니고 있다는 이유만으로도. 시간과 크기의 힘은 때론 인류가 축적해온 경험들을 무력화하고 이성을 무장해제시킬 만큼 강력하다.

사막은 한 나라의 면적과 맞먹을 만큼 거대하고 어떤 나라의 역사보다도 오래되었다. 그러니 사막 앞에선 되도록 말을 삼가는 것이 옳다. 그곳에 발자국 하나 남기는 것이 무슨 의미가 있으랴, 어차피 하루가 지나기도 전에 사라지고 말 것을. 벌판 위에 제국을 세웠던 인류는 사막 앞에서 모두 발걸음을 돌렸다. 역사와 문명의 이름으로 이루어왔던 모든 것들을 한순간에 무력하게 만드는 저 거대한 파괴의 힘을 대적할 수 없었던 것이다. 우주에 도시를 건설하는 날이 온다고 해도 인류는 사막을 지배할 순 없으리라. 사막의 출현 이래 인류는 다만 사막에 기생할 뿐이며, 그저 지나갈 뿐인 것이다.

사막을 여행한다는 건 사막의 나이를 더듬는 것처럼 막막한 일이다. 모래알들의 인과율 앞에서 충격에 휩싸였던 새끼 도마뱀처럼 나는 인간의 욕망들이 지워져버린 단순한 풍경 앞에서 한동안 발걸음을 떼지 못했다. 인류의 조상이 신과 좀더 가까워지기 위해 두 발을 들었을 때부터 인간은 단순함으로부터 멀어져왔다. 단순함을 미물이나 짐승의 것으로 여겨왔는지도 모르겠다. 그로부터 아주 오랜 시간이 지나서, 첨단의 도시에서 온 사람들이 이 단순한 풍경 앞에서 당혹감을 감추지 못하는 것은 아이러니다. 현대인들이 골머리를 앓고 있는 문제들에 대한 답은 의외로 단순한 것인지도 모른다.

한쪽으로만 가서, 죽어라고 한쪽으로만 가서, 죽지 않고 마을과 우물을 만나면, 그게 사막을 건넌 것이리라. 또 사막은 그렇게 건너야 하는 것이리라.

# 평원의 시간

&#9830;

　　　　　　　　모래사막을 빠져나오면 지형은
암석과 자갈로 이루어진 거친 모습을 띠고 이내 새끼 새의 잔등
에 돋기 시작하는 깃털처럼 드문드문 풀과 작은 나무 들이 자라
는 평원으로 치닫는다. 그곳에 이르러서야 비로소 길다운 길이
보인다. 나를 태운 낡은 지프는 철분이 섞인 붉은 흙먼지를 날리
며 오로지 달리는 일에만 전념했다. 심하게 요동치는 비포장 길
이었으나, 지프는 일정한 속도로 평원의 심장으로 빨려들었다.
길은 있으나 길을 걷는 사람들은 보이지 않는 빈 땅이다.

　눈앞에서 시멘트 건물들이 사라진 것만으로도 시야가 한결 헐
거워진다. 보이는 것들이 많지 않으니 눈에 들어오는 사물들 하
나하나가 새로워 보인다. 토양의 색감과 질감, 피부에 와 닿는 공
기의 감촉과 냄새, 키 낮은 나무들이 달고 있는 이파리의 형태와
빛깔, 그물처럼 얽혀 있는 잎맥의 모양, 덤불의 종류와 그곳에 몸
을 숨기는 작은 짐승들…… 작고 사소한 것들에도 눈길이 가닿
고 마음이 움직였으며, 마음을 움직이는 것에 집중할 수가 있었
다. 내가 떠나온 곳에선 쉽지 않은 일이다. 무엇보다 복잡한 시각

정보들이 집요하게 생각을 방해하기 때문이다.

우리의 삶을 둘러싸고 있는 공간에서 수용자의 의사와 무관하게 가해지는 시각 또는 음향정보들의 횡포는 거의 폭력에 가깝다. 강제적이고 폭력적이며 반복적이기까지 한 바깥 환경에 길들여져 있는 도시인들은 그것을 신선하지 않은 공기 정도로 여길 뿐이다. 익숙해진 불편함, 그래서 불편하다는 사실조차 자각하지 못하거나, 설령 불편하다고 해도 그것이 가져다주는 또다른 편리함이 유익하며, 불편하기로는 시골 또한 마찬가지라 여긴다. 맞는 얘기다. 그러나 당신에게 수없이 생각해도 풀리지 않는 문제가 있다면, 인공구조물과 기계음이 사라진 곳으로 가보라. 묘안이 떠오를 수도 있다.

　물을 바라보고 있노라면 시선을 어느 한곳에 고정할 수가 없지. 시선이 확 풀어져버리는 일종의 최면 상태가 찾아온다니까. 그때 잃어버렸던 기억이 되살아나기도 하고, 내가 한 잘못들이 떠올라 울컥하기도 하고, 또 아이디어가 떠오르기도 하거든……

아주 오래전 내게 손맛을 일깨워주었던 한 지인의 낚시론이다. 극도로 단순한 평원의 풍경은 시간의 개념마저 지워버린다. 현대인들의 시간관은 시계가 일러주는 기계적 시간관이다. 이 기계적 시간관은 사회적 관계에 의해 작동되는 시스템이거니와, 이런 평원에서는 아무런 의미가 없다. 어떤 일을 해야 할 때인가는 시계가 아닌 자연이 일러줄 뿐이다. 시계가 12시를 가리키는 순간 건물에서 쏟아져나와 식당을 찾아 헤매는 넥타이 부대들은 아프리카 어느 도시에서도 볼 수 없으며, 이곳 사람들에겐 시간에 대한 강박 자체가 없다.

내가 어렸을 때는 내 배가 해시계였다. 그것은 어느 것보다 확실하고 진실하고 정확했다. 이 시계가 저녁을 먹으러 갈 시간을 알려줬는데, 오늘날에는 해시계가 허락을 하지 않으면 내 배가 식사 시간임을 알려도 식사를 할 수 없다.

— 로버트 레빈, 『시간은 어떻게 인간을 지배하는가』 중에서

로마의 희극 작가 플라우투스가 했다는 말이다. 자연시간을 빼앗아간 시계에 대한 불평인데, 그 시계가 해시계였다니 이 얼마나 놀라운 얘기인가. 해시계 이후 시계는 몇 단계의 혁명적인 발전을 거쳐 지금은 1나노초(10억분의 1초)까지 측정하는 정밀한 기술을 보유하고 있다고 한다. 생각해보면 현대인들은 모두 시간에 대한 강박증 환자들이다. 단 몇 초를 사이에 두고 느려터진 엘리베이터 앞에서 미간을 찌푸리는 당신과 신호등에 파란불이 들어와도 출발하지 않는 차의 뒤꽁무니에 신경질적인 경적을 날리는 나처럼.

한 가지 짚고 넘어가자면, 자연적 시간관이 기계적 시간관에 비해 느리거나 소모적인 태도를 취하는 것은 아니라는 사실이다. 일정한 간격으로 재깍거리며 '돌격 앞으로'를 외친다고 해서 시간이 갖는 의미와 가치가 확장될 리 없다. 자연적 시간관은 기계적인 단위로 구성되는 것이 아니라, 스스로 즐기며 탐닉할 때 의미와 가치가 발생하는 매우 유연하고 유동적인 개념이다. 아프리카의 축구를 보라. 얼마나 유연하고 빠르며 폭발적인가를.

오늘날 자연적 시간관이 우리에게 암시하는 것은, 쉴 새 없이 전진해야만 하는 기계적 시간의 운명이 곧 이전의 기능과 시스템을 넘어서 끊임없이 앞으로 나가야만 하는 문명의 비극과 맥을 같이하고 있다는 것이다. 시간은 왜 우리에게 끊임없이 불안과 조바심을 유발하는가. 이것 또한 기술문명의 맹목성에서 비롯된 현대문명의 비극이 아닐는지. 평원에서 바라보이는 원경들은 내게 잃어버렸던 시간에 대한 또다른 감각을 일깨운다.

깨진 유리조각들을 튕겨내며
제 길을 찾아 뿔뿔이 흩어지는 시간들
시간들이 빠져나간 시계를 가방에 넣고
시간의 발자국을 따라나서는데
보이지 않던 시간들이 보인다

먹구름이 비를 몰고 산을 넘어오는 시간

풀잎이 쓰러졌다가 다시 일어나는 시간

개미들이 망가진 집을 복구하는 데 소요되는 시간

오리들이 둑을 건너 집으로 들어가는 시간

거미가 거미줄을 다시 치는 데 걸리는 시간

해가 지평선 너머 다른 땅으로 잠적하는 시간


밑도 끝도, 집도 절도 없는 발길이다

먼 곳에 와 떠돌다보니,

나보다 먼저 떠돌던 시간이 나보다 하염없고

나보다 먼 곳을 떠돌던 시간이 나보다 정처 없는데

시간의 손끝이 자꾸 내 손등을 어루만진다


내 마음이 당신에게 당도하는 시간,

눈물이 땅에 떨어져내리는 시간,

생이 꿈틀거리며 허물을 벗는 시간,

나를 끌어안고 등을 두드리는 시간

— 「원경(遠景)」 전문

## 들꽃의 제복을 입다

◆

　　　　　　　　　남자들은 안다. 눈뜨기 직전 지
난밤 꿈속을 범람하던 욕망들이 포말이 되어 꺼지면서 시작되는
하루가 얼마나 허탈한 것인가를. 사회적 금기가 통하지 않는 욕
망의 공간에서 한껏 부풀어오른 육체는 에고의 관리 체제하에 들
어오면서 힘없이 주저앉는다. 에고의 사회에선 허용의 범위를 넘
어서는 개인의 욕망들을 일괄적으로 거세함으로써 통합관리 시
스템을 완성한다. 자명종이 울리는 순간 제멋대로 날뛰던 간밤의
위험한 짐승이 말쑥하고 온순한 교양인의 모습으로 다시 태어나
는 것이다. 일상은 이렇게 무력하다. 옹색하고 보잘것없는 자신
의 모습을 확인하는 것으로 여는 다 큰 남자의 하루가 왠지 서글
프다.

　이 일상적인 서글픔에 유난히 적응하지 못하는 부류의 사람들
이 있다. 예술가들이다. 이들은 이드의 얄궂고 발칙하고 음탕하
기까지 한 욕망들을 차마 버릴 수 없어 교묘하게 포장한다. 그 포
장의 기술이 예술이다. 잘된 포장은 검색대를 거치지 않고 에고
의 세계로 옮겨놓을 수가 있다. 합법적인 밀수인 셈인데, 때론 그

밀수품의 값이 천정부지로 뛰기도 한다. 누구나 할 수 있는 일도 아니거니와, 배를 곯다가 주변에 민폐를 끼치거나 우울증에 시달리다 성격파탄자가 될 가능성이 높은 불안하고 위험한 일이므로 그 값은 정당하다. 그게 바로 예술이라고 누군가는 얘기한다. 관리사회에선 예술가들을 고집 세고 철딱서니 없는 대다수와 나름의 전략으로 성공한 고상한 소수로 이루어진 별난 사람들의 집단으로 분류한다.

어쨌거나 일상은 무기력하고 지루하기까지 하다. 온갖 욕망을 자극하는 사건과 사물 들로 차고 넘치는 일상의 공간에서 사람들이 한없이 온순해진다는 것은 이상한 일이다. 그런 의미에서 보자면 내게 아프리카는 잠든 세포와 신경들을 깨우는 진정한 참살이의 공간이다. 하는 일도 없이 피로의 늪에서 허우적거리는 일이 없고, 눈을 뜨면 지난밤에 읽었던 책의 내용이 또렷하다. 육체는 10년 전쯤으로 돌아간 듯하고 지능지수는 10쯤 높아진 것만 같다. 단순하기 이를 데 없는 밋밋한 풍경 속에서 나는 오래오래 잘 먹고 잘 살고 싶고, 내가 원하는 일들에 투신하고픈 열망에 사로잡힌다. 이런 생각을 들게 하는 곳 중 하나가 남아공 웨스트코스트 내셔널파크다.

케이프타운에서 북쪽으로, 그러니까 나미비아 방향의 국도 R27을 타고 한 시간 남짓 올라가면 좌측으로 웨스트코스트 게이트가 나온다. 비슷비슷한 완만한 풍경 속에 그냥 작은 입간판 하나가 덜렁 걸려 있을 뿐, 국립공원임을 알리는 번듯한 표지판이 없어 자칫 지나치기가 쉽다. 케이프타운에서 그리 멀지 않으며 피로에 지친 심신을 달래기에 좋은 장소여서 자주 찾는 곳이지만, 매번 게이트를 찾는 일이 신경 쓰이곤 한다. 게이트에 못 미쳐서 파이와 빌통(남아공식 육포)이 싸고 맛있는 아담한 휴게소가 하나 있는데, 언제부턴가 이곳에서 요기를 해결하며 게이트 위치를 다시 한번 확인하는 게 순서가 되어버렸다.

게이트에서 입장료를 지불하면 지도를 받으며 간단한 설명을 듣는다. 북쪽 끝자락에는 몇 군데 브라이(남아공식 바비큐)를 할 수 있는 간단한 시설이 있으며, 필요하다면 숯이나 장작은 관리소에서 구입하면 된단다. 관리원은 말끝에 타조 같은 야생동물들을 자극하거나 흥분시키는 일이 없도록 주의를 거듭 부탁한다. 그도 그럴 만한 것이 길을 가다보면 멀리서 돌멩이로 보였던 물체가 다가가보면 도로를 횡단중인 거북이이고, 구릉의 바위로 보였던 것들이 움직인다 싶으면 타조이고, 주변의 키 작은 나무들과 색이 좀 다른 것들이 꼬물거린다 싶으면 임팔라 같은 사슴류이다. 이 모든 동물들은 따로 먹이를 공급해주지 않아도 이곳의 생태계 안에서 살고 있는 야생의 동물들이다. 이곳에 올 때마다 아쉬워지는 물건들이 있다. 아, 자전거와 망원경이 있었더라면……

대서양 쪽으로 돌출해 있는 반도를 끼고 올라가 바다와 맞닿는 곳에 이르면 관리인이 말한 대로 고기를 구울 수 있는 화덕이 마련되어 있다. 장작에 불을 지펴놓고 바닷물에 발을 담근다. 돌 틈에 까맣게 달라붙어 있는 것들이 죄다 강원도에서 '섭'이라고 부르는 자연산 홍합들이다. 반 시간이면 씨알 좋은 놈들로 비닐봉지 하날 채울 수 있다. 절반은 장작불 위에 올리고 나머지는 요리에 쓴다. 요리 이름은 따로 없다. 어느 날 있는 재료들을 활용해 만들어본 나만의 레시피다. 먼저 스튜용 포트를 뜨겁게 달군 뒤 손질한 홍합을 넣는다. 홍합이 입을 벌리기 시작하면 적당량의 요리용 와인과 다진 마늘을 왕창 넣고 재료가 잘 섞이게 한 다음 뚜껑 닫고 잠시만 기다리면 요리 끝. 홍합에 짭조름한 소금기가 남아 있으므로 따로 간을 할 필요는 없으며, 있다면 올리브 오일과 후추를 활용할 수도 있다. 나중에 알게 된 사실이지만, 홍합도 일정량 이상의 채취는 위법이라고 한다. 그 한도가 얼마인지는 모르겠지만.

낮은 구릉들과 해변과 바다…… 이곳의 풍경들은 하늘을 빼면 모두 눈 아래에서 펼쳐진다. 구릉과 구릉, 해변과 바다가 만나는 선들이 잔잔하게 일렁이는 물결 같아서 이곳의 모든 생물체가 다 사납지 않을 것만 같다. 물론 풀숲에는 맹독을 지닌 독사들도 살고 있겠지만. 참 단순하기 이를 데 없는 풍경인데, 나의 오감은 잃어버린 기능들을 되찾은 듯 미세한 것들에 예민하게 반응한다. 마치 가물가물하던 건전지를 새것으로 갈아 끼운 카메라처럼 빠르고 선명하게 사물들의 움직임을 감지하고 포착해낸다. 나의 사고와 감각을 방해하고 강요하던 불필요한 시청각 정보들로부터 해방이 된 탓이리라. 휴대폰도 터지지 않는 이곳에서 나는 무한한 자유와 삶의 에너지들을 공급받는다.

9월경부터는 이곳에도 봄이 오고 일대의 구릉들이 색색의 들꽃으로 뒤덮인다. 앙증스러운 꽃들이 종류별로 군락지를 이루며 흐드러지게 피어 있는 모습은 신의 카펫처럼 부드럽고 황홀하다. 누구의 손길도 닿아 있지 않지만 그 어느 황제의 정원보다 아름답다. 동물들이 주인인 대지와 풍부한 햇빛과 지난 계절의 비가 만들어낸 풍경이다. 서둘러 볼펜과 노트를 꺼내들고 너럭바위에 쭈그리고 앉아 시 한 편을 써내려간다.

소리 소문 없이 들꽃 피더니
들불처럼 들판을 점령한다
나는 겨우내 등이 가렵던 들판
이유 한 번 묻지 못하고
두 손 두 발 다 든다
들꽃 폭탄 터진 자리마다
아지랑이 포연 무성하다
내 안에 식민정부가 들어서고
나는 들꽃의 제복을 입는다
밀항도 망명도 꿈꾸지 않겠다

미안하다 내 겨울의 동지들

나는 여기서 살아남아야겠다

—「들꽃」 전문

## 아프리카에 눈 내리다

◆

　　　　　　　　　어디선가 눈이 오고 있다고 했다. 이 무슨 뜬금없는 얘기인가 싶어 귀를 기울였더니, 뉴스는 남아공 웨스턴케이프 주 어느 한 곳을 가리키며 제법 큰 눈이 오고 있노라고 차분한 목소리로 전했다. 물론 아프리카에 눈이 오는 지역이 없는 것은 아니다. 지금도 킬리만자로와 케냐 산은 날씨만 맑으면 멀찍이서도 산 정상 부근에 쌓여 있는 빙하를 관찰할 수 있다. 나이로비행 비행기의 조종사는 승객들을 위해 일부러 킬리만자로 위를 저공비행으로 선회하고, 승무원은 친절하게도 온난화의 영향으로 매년 눈이 조금씩 사라져가고 있다는 설명까지 덧붙여준 적이 있다. 아닌 게 아니라 킬리만자로의 8부 능선 쯤은 시즌을 끝낸 스키장처럼 흙이 듬성듬성 볼썽사납게 드러나 있었지만, 분화구가 있는 정상은 그런대로 설산의 위용을 과시하고 있었다. 그게 내가 본 유일한 아프리카의 눈이었다.

　그건 어디까지나 산악지형이 발달한 동부 아프리카의 사정이다. 그런데 사막지대가 분포되어 있는 남부 아프리카에서 눈이라니. 꽃샘추위에 동사하거나 폐장한 해수욕장에서 익사하는 일이야 그럴 수도 있는 사고지만, 남부 아프리카의 눈은 정말 지구 기후 센서의 고장으로 터진 심각한 대형사고처럼 들렸다. 생각해보니 남아공 어딘가에 인공 눈을 이용한 스키장이 있다는 얘기를 농담처럼 들었던 적이 있긴 했다. 알래스카 어딘가에 누드비치가 있고 시베리아 벌판에 원숭이가 산다고 해도 믿을 수는 있겠지만, 남아공의 스키장은 군복무 시절 주임상사의 조크 레퍼토리였던 전설의 월남 스키부대 같은 허무맹랑한 얘기였다.

자료를 찾아보니 레소토 인근 크와줄루나탈과 프리 스테이트 주 사이에 아프리스키 리조트라는 스키장이 정말 있긴 했다. 갑자기 자메이카의 봅슬레이 대표팀 이야기를 코믹하게 다루었던 〈쿨러닝〉이라는 영화가 떠올랐다. 밥 말리의 고향 자메이카에는 눈은 고사하고 겨울이라는 계절 자체가 없다. 그러나 이 자메이카 대표팀은 실제 1988년 캐나다 캘거리에서 열린 동계 올림픽에 출전, 경기 도중 부러진 썰매를 메고 결승점을 통과해 전 세계의 관중들로부터 갈채를 받았었다. 제대로 된 경기장 하나 없는 우리나라 봅슬레이 대표팀이 미국 유타 주 솔트레이크시티에서 열린 아메리카컵 4인승 레이스에 참가해, 현지에서 5백 달러를 주고 빌린 썰매로 동메달을 따내는 쾌거도 있었다. 그러나 이런 계절 스포츠에서 경기장이 없는 것과 계절 자체가 없는 것에는 큰 차이가 있다. 남아공에도 알파인이나 노르딕 같은 종목의 스키 국가대표팀이 있을지는 모르겠지만, 어쨌거나 스키장은 분명히 있었다.

　남아공의 7월은 생각보다 추웠다. 맑은 날은 우리의 가을 날씨 정도에 해당되었지만, 날이 궂고 바람이 많은 날은 점퍼를 챙기지 않으면 바깥출입이 곤란할 정도로 맵싸했다. 우리가 북새통의 휴가 시즌을 보내고 있을 무렵이 남아공에선 가장 춥고 비가 많은 시기이다. 그즈음에 내리는 비의 양에 따라 9월부터 들판을 물들이는 들꽃의 색과 양이 결정된다. 삽시간에 마을이 잠기는 집중호우는 없지만 커다란 먹구름들이 분주하게 나그네 비를 몰고 다닌다. 케이프타운의 테이블마운틴에는 이동을 제지당한 구름들이 걸려 있는데, 겨우 산의 손아귀에서 벗어난 한 덩이의 구름이 어망을 빠져나온 물고기처럼 안도의 한숨을 내쉬며 서둘러 바람을 타고 흐른다. 구름의 이동을 따라 산발적으로 흩뿌리는 비가 뺨에 닿으면 제법 차갑게 느껴진다.

　눈이 내리고 있는 곳은, 항공사 기내음료로 자주 제공되는 천연과즙 주스로 유명한 세레스 인근의 산골이었다. 와이너리들이 밀집되어 있는 고풍스런 도시 스텔렌보슈와 팔까지는 몇 번 가보았지만, 세레스는 한 번도 가본 일이 없는 곳이다. 지도로 대충 길을 가늠해보니 케이프타운에서 차로 족히 두 시간은 넘게 잡아야 하는 길이다. 얼마나 많은 눈이 왔는지는 몰라도 웬만한 정도라면 땅에 떨어지는 순간 녹아 사라졌겠지, 그래도 아프리카에서 눈을 맞아볼 흔치 않은 기회인데 그때까진 내려주겠지, 이곳이라면 떨어지는 눈을 입을 벌리고 받아먹어도 될 거야…… 그러나 하이웨이 N1을 타고 팔에 이르는 동안 눈이 내릴 기세라고는 눈곱만큼도 없었다.

공연한 헛걸음일 수도 있겠다. 그러면 뭐 어떤가, 아프리카 자체가 내 인생의 헛걸음일 수도 있는 일인데. 어차피 아프리카에선 목적지에 이르러 목적만을 달성해 돌아오는 경우란 거의 없다. 어떤 일로 어느 곳을 가든 기대 이상이거나 기대 이하 둘 중 하나다. 그러니 가려고 맘먹었거든 생각을 비우고 그냥 가고 볼 일이다. 넘치건 부족하건 그곳은 내 생각과는 다른 곳이므로.

지도에는 단순하게 표시되어 있던 길들이 막상 시골 마을로 들어서자 이정표도 없는 작은 갈림길들로 변해 도처에서 발목을 잡는다. 갔던 길을 되돌아오기를 몇 차례, 지나는 사람을 붙잡고 길을 묻기를 또 몇 차례, 우여곡절 끝에 세레스에 들어섰으나 산과 들에는 휑하니 찬바람만 지나고 있었다. 다시 사람을 불러세워 세레스를 묻지 않고 눈이 온다는 지역을 물었다. 저쪽 농장을 끼고 좌회전해서 무조건 큰길을 따라 20분쯤 더 가면 아마 눈이 오는 곳을 알 수 있을 것이라고 했다. 그쯤 가면 차들이 많을 것이며, 그 차들을 따라가기만 하면 된다는 것이다. 참나, 무슨 설명이……

어설프게 들렸던 그 설명은 매우 정확한 것이었다. 시키는 대로 길을 가다보니 어디서들 나타났는지 한곳을 향해 가는 차들이 꼬리를 물기 시작했다. 그리고 마침내 멀리 눈에 덮인 산의 모습이 힐끗 눈에 들어왔다. '와우!' 그때까지 아프리카의 눈을 상상해보지 못했던 터라 가슴이 콩닥거리기까지 했다. 가까이 다가갈수록 풍경은 설산의 모습을 확연하게 보여주고 있었다. 차들의 행렬이 일제히 경적을 울려대며 들뜬 마음을 드러내고 있었다. 나야 눈 자체가 새로울 것은 없지만, 저 사람들에게는 얼마나 경이로운 풍경일까. 절반 이상의 사람들이 태어나 처음으로 보는 눈일지도 모를 일이었다. 그곳을 빠져나오는 차량의 보닛 위에는 하나같이 조그만 눈사람이 앉아 있었고, 눈발은 이미 간간이 차창에 부딪히며 작은 물방울을 만들어내고 있었다.

눈썰매를 타도 될 정도로 눈이 쌓인 지역에 이르자 수많은 사람들이 도로변에 주차를 하고 나와 일생 동안 몇 번 겪어보지 못할 즐거움을 만끽하고 있다. 말 그대로 눈의 축제였다. 눈을 마치 신의 선물이라도 되는 양 축복을 나누고 있는 모습이 더없이 소박하고 정겨워 보였다. 차에서 내리는데 어디서 눈덩이 하나가 뒤통수로 날아든다. 즉시 반격에 나서 처음 보는 꼬마 녀석들과 한바탕 눈 전쟁을 치르고, 기꺼운 마음으로 그들의 즐거움에 동참했다. 여기저기서 노래와 웃음소리가 들려오고, 카메라 플래시가 터지고 눈이 흩뿌려진다. 흑인과 백인과 혼혈인이, 아이와 어른이 마치 오래 알아오던 사람들처럼 스스럼이 없다. 놀라운 일이었다. 단지 날이 추워서 내리는 눈일 뿐인데. 눈이라는 공통의 재료로 온갖 놀이에 빠져 있는 사람들 사이로 미리 준비해온 듯한 종이 박스에 비닐을 깔고 눈을 퍼 담는 사람들이 보인다.

"왜 눈을 거기다 퍼 담아요?"

"잘 가지고 가서 동네 친구들에게 나누어주려고……"

혹시…… 설마…… 해가며 달려온 미심쩍었던 길이었지만, 확실하게 기대 이상이었다.

## 와인과 염소탑

◗

　　　　　　　　　내가 이곳에 온 지 며칠이 지났
을까. 서울은 숨이 턱턱 막혀오는 여름이지만 이곳은 1년 중 가
장 서늘한 계절이다. 바다로 흘러드는 하천이 얼지 않고 눈 구경
을 할 수 없으니 굳이 겨울이랄 것까지는 없겠지만, 그래도 밤엔
난방기구가 없으면 외투라도 입고 자야 할 정도로 한기가 몸을
파고든다. 한기에 뒤척이다가 동도 트기 전에 커피 물을 끓이고
있는 이 시간, 서울은 이미 중천이다. 아침을 해결하고 나면 나는
서울과는 반대의 방향으로 운전을 해 길을 나서야 한다. 계절도
밤낮도 반대이며, 화급을 요하는 일도 없는 이곳에선 시간에 대
한 감각이 무뎌질 수밖에 없다. 주방 한쪽 구석에 마시고 모아둔
빈 와인 병이 일곱, 그러니 여기 온 지 꼭 일주일이 지났다.

　숙소가 있는 케이프타운 그린포인트 지역엔 고마운 가게가 하
나 있다. 각종 주류들을 할인 가격으로 파는 홀세일 리쿼숍이다.
며칠에 한 번씩 이 가게에 들러 맥주와 와인을 고른다. 모든 주종
이 다 저렴한 편이지만, 특히 와인은 한국에 비하면 반값 이하다.
품질은 엑셀런트! 질 좋은 와인을 싼값에 즐길 수 있는 것은 이

나라가 세계에서 가장 긴 와인루트가 형성되어 있는 신대륙 와인의 산지이기 때문이다. 또한 이곳의 기후가 포도 재배에 적합한 지중해성 기후라는 사실 또한 빼놓을 수 없다.

클럽을 가는 일 외에 밤에 할 수 있는 일들이 마땅치 않은 이곳에선 책을 펼쳐놓거나 다큐멘터리 채널을 틀어놓고, 아니면 오며 가며 사 모은 CD를 걸어놓고 와인을 홀짝거리는 게 제격이다. 하루에 한 병씩 개봉하고 남은 와인은 음식을 만들 때 이용할 수 있도록 따로 모아둔다. 그러니 빈 와인 병은 이곳에서 지낸 밤들의 수와 일치하기 마련이다.

와인 애호가도 아니거니와 주변에 불기 시작한 와인 열풍에 대해 그리 곱게 생각하는 것도 아니지만, 비싸지만 않다면 와인은 좋은 술임에 분명하다. 와인은 알코올에 집중하지 않아서 좋다. 음식이든 사람이든 음악이든, 와인은 반드시 다른 무엇과 어우러질 때 비로소 그 진가가 드러난다. 거기에 적당한 취기까지. 빛과 향과 맛, 이 삼박자의 신비로운 조화는 때로 마법과도 같은 힘을 발휘한다. 그래서 그 힘을 빌려 사랑을 고백하기도 하고, 우정과 신뢰를 확인하기도 하며, 화해를 하기도 한다. 또 어떤 이들은 달콤한 고독을 즐기기도 하고.

깎아지른 듯한 테이블마운틴 절벽을 오르던 두 암벽등반가가 정상 바로 아래에서 자일을 그네처럼 고정한 채 공중에 대롱대롱 매달려 있다. 배낭에서 꺼낸 하드 케이스를 여니 와인 잔이 나온다. 흰 천으로 정성스럽게 닦아 손자국이라도 나 있을까 파란 하늘에 비추어 보는 사이 동료는 와인을 열고 조심스럽게 잔에 따른다. 허공의 건배다. 언젠가 보았던 이 장면을 잊을 수가 없다. 어떤 애호가도 흉내 못 낼 호사의 극치다. 저물녘이면 테이블뷰 해안으로 사람들이 모여든다. 장바구니를 든 모녀, 강아지와 산책중이던 노부부, 영화배우처럼 생긴 게이 커플까지 삼삼오오 모여들어 벤치에 자리를 잡고 말없이 석양을 바라보다 흩어지는 게 이곳 사람들의 일과 중 하나다. 몇몇 연인은 모래사장에 기대어 앉아 와인을 딴다. 잔은 모래에 꽂을 수 있는 받침 없는 비치용 와인 잔이다. 노을은 세상을 온통 붉은빛으로 물들이며 사위어가고 연인들은 좀더 어깨를 밀착하고 살짝 와인 잔을 부딪친다. 살풋한 연인의 뒷모습을 바라보며, 나도 언제 저걸 한번 해봐야지 했었다.

와인에 관한 한 신생국으로 분류되지만, 남아공 와인의 역사도 350년을 넘을 정도로 장구하다. 네덜란드 동인도회사의 소속으로 케이프타운 건설을 주도했던 얀 반 리벅에 의해 이곳에 포도나무가 처음 심어졌으며, 인도양으로 가는 긴 항해 도중 비타민 부족으로 괴혈병이 성행하자 이를 해결하기 위한 방안으로 포도주를 생산하기 시작했다고 한다. 이후 종교박해를 피해 이주해온 프랑스 위그노파의 사람들에 의해 와인의 제조가 본격화되었으며, 구대륙 와인의 시대를 이끌었던 프랑스산 와인과 견줄 수 있는 품질을 확보하게 되었다. 그들이 처음 정착한 곳이 이곳 와인 랜드의 대표 도시 가운데 하나인 프란스후크다.

내가 가장 좋아했던 남아공 와인은 헬레나 섬으로 추방된 나폴레옹이 위안으로 삼았다는 콘스탄샤 지역의 와인, 특히 그루트 콘스탄샤 와이너리의 품목들이다. 이 지역의 와인은 18세기에 들어와 세계적인 명성을 누리기 시작했는데, 동인도회사를 통해 유럽에 전파되어 유럽 왕실의 사랑을 받으며 당시 와인 시장을 석권하고 있던 유럽의 고급 와인들과 이름을 나란히 하게 되었다. 흠이 있다면 다른 지역의 와인에 비해 가격이 비싼 편이어서, 중요한 사람들과의 식사 자리에서나 맛볼 수 있다는 것이다.

와인랜드의 대표 도시들 가운데 스텔렌보슈를 거쳐 팔에 이르는 길은 유럽 소도시와 케이프 반도 특유의 분위기가 보기 좋게 어우러진 환상의 드라이브 코스다.

케이프타운에서 한 시간 남짓이면 갈 수 있어 지친 몸에 활기를 불어넣거나 나들이 삼아 가기 좋은 곳이다. 흰 회벽과 간소한 장식의 아담한 건물들은 초기 이주자들의 절제된 생활방식을 엿보게 하며 한층 목가적인 분위기를 연출한다. 핫 시즌의 스텔렌보슈 스피어 와이너리는 휴일마다 축제로 북적인다. 다인종 다문화 국가답게 차려진 음식 또한 인도, 이슬람, 유럽과 아프리카풍이 혼재한다. 젬베와 마림바, 음비라 같은 아프리카 전통악기의 연주와 원시의 생명력이 물씬 풍기는 노래와 춤이 이곳이 아프리

카라는 사실을 일깨운다.

스텔렌보슈와 팔은 지척이지만, 와인 맛에선 차이를 보인다. 팔이 남극에서 올라오는 서늘한 한류인 뱅겔라 해류의 영향을 덜 받는 온화하고 건조한 지역이기 때문이다. 이곳에 내 마음을 사로잡았던 와이너리가 하나 있다. 페어뷰 와이너리다. 현대적이며 창의적인 와인 품목들로 널리 알려져 있으며, 우아하고 아름다우며 여유와 익살이 넘치는 곳이기도 하다. 이곳에서 가장 먼저 눈에 띄는 것은 와인 레이블에도 있는 염소 탑이다. 신기하게도 염소들은 탑을 둘러싸고 있는 나선형 계단에 부딪치거나 떨어지는 일 없이 잘도 오르내린다. 그런데 와인 농장에 웬 염소일까? 페어뷰는 와인뿐 아니라 염소젖 치즈로도 유명하다. 해외에서 많은 상을 받았으며, 에이즈로 부모를 잃은 나미비아의 고아들에게 염소와 염소젖을 공급해주는 자선활동을 펼치고 있는 곳이다.

염소탑이 이 와이너리의 상징이라면 염소는 와인의 얼굴이다. 이곳에서 생산하는 와인의 이름과 레이블에 염소가 박혀 있기 때문이다. '고트 두 롬', 남아공 와인으로는 처음으로 와인 스펙테이터에서 2004년과 2005년 연속으로 100대 와인에 선정되었던 페어뷰의 간판 와인이다. 와인을 좀 아는 사람이라면, 이 와인이 프랑스의 '코트 뒤 론'을 패러디한 것임을 눈치챌 수도 있겠다. 역시 해외의 유명 콘테스트에서 수상을 하며 주가를 올린 '고트 로티'

'고트 도어' 또한 프랑스의 유명 와인 산지를 연상케 하는 패러디가 재미있다. 풍자는 여기서 그치지 않는다. '더 고트파더', 영화 〈대부〉를 패러디한 이 와인에 이르면 터져나오는 웃음을 참을 수 없다. 고트 두 롬의 이름을 두고 소송까지 진행되자 이에 항변의 의미를 담아 선보인 와인이다.

# 화염수 그늘 아래

&#9679;

　　　　　　　　짐바브웨 수도 하라레는 어느 곳
을 가더라도 아름드리 수목과 꽃과 풀 들이 보기 좋게 어우러져
마치 도시 전체가 거대한 정원처럼 느껴진다. 주인장의 느긋한
손길과 적당히 방치된 흔적이 동시에 느껴지는 자연스러운 정원
의 모습이다. 특히 자카란다가 피는 계절에는 어지럽게 흩날리는
보라색 꽃잎들과 미풍을 타고 퍼지는 꽃 내음이 도시 전체를 물
들인다. 그럴 때면 나는 한적한 공원의 벤치에 드러누워 그 향기
에 몸을 파묻고 있길 좋아했다.

　분분히 흩날리다 더러 내 몸 위로 살포시 내려앉는 꽃잎들, 그
꽃잎들을 바라보고 있으면 이따금 아찔한 현기증과 함께 까닭 모
를 슬픔의 향기 같은 게 느껴지기도 했다. 나는 꽃잎에 내 몸이
다 덮일 때까지 그냥 드러누워 있고만 싶었다. 그러나 공원의 경
비원이 백주에, 그것도 공공시설물에 시체마냥 드러누워 있는 동
양인을 그냥 놔둘 리 없다. 다가와 허리춤에 차고 다니는 곤봉 같
은 것으로 내 다리를 툭툭 친다. 여기서 이러고 있으면 매우 위험
하다는 것이다. 난 아이스크림을 사러간 내 보디가드들이 곧 돌

아올 테니 아무 문제없다고 허풍을 떨고 잠시 더 누워 있었다.

하라레 도심에는 식민지 개척자들이 남긴 유럽풍의 오래된 건물들 사이로 제법 번듯한 고층 빌딩들이 들어서 있어 나름 조화로운 풍경을 만들어낸다. 거리는 아프리카에서는 드물게 잘 정비되어 있는 편이며, 길가에 즐비하게 뻗어 있는 풍성한 가로수들이 이방인의 고단한 다리품을 위로한다. 거리를 오가는 사람들에게선 활기가 느껴지고 남부 아프리카의 대표적 도시의 시민들답게 세련된 차림새를 하고 있다. 십수 년 전만 해도 선진국 행세를 하던 나라의 수도로서의 면모를 유감없이 보여주고 있다. 그러나 골목 깊숙한 곳으로 접어들어 도시의 속살과 마주할수록 그 풍경이 사뭇 달라진다. 하릴없이 서성이는 행색이 추레한 사내들과 기계적으로 손을 내밀며 구걸을 하는 아이들, 깡통을 앞에 놓고 고개를 숙인 채 미동도 없이 앉아 있는 행려병자들, 전화카드나 신문을 팔기 위해 경쟁적으로 호객행위를 하는 청년들의 눈빛에는 무기력과 초조함이 서려 있다.

짐바브웨는 부와 건강, 자유, 안보, 정치적 지배력 등을 기준으로 산정하는 '레가툼 번영지수'가 104개 대상국가 중 꼴찌를 차지할 정도로 엉망이 되어 있다. 최근 몇 년간 짐바브웨는 화폐와 관련하여 국제적인 뉴스거리로 자주 오르내렸다. 한 달 사이에 수천 퍼센트의 하이퍼인플레이션이 발생하는가 하면, 급기야 공식 환율이 미화 1달러에 1조 짐바브웨 달러를 돌파했으며, 1백조 짐바브웨 달러 신권이 발행되는 믿을 수 없는 일들이 발생했다. 이 나라의 물가는 그러니까 버스 요금이나 우유 한 잔 값으로 수천억 달러나 지불해야 하는 셈이다.

이 나라의 돈이 종이보다 못한 화폐가 된 것은 한두 해 전의 일이 아니다. 이미 오래전부터 거리에 떨어진 지폐를 거지들도 줍지 않는다. 몇 해 전, 짐바브웬이라는 신문사가 설치한 옥외광고는 실제 사용되고 있는 화폐를 이어붙여 제작했는데, "로버트 무가베 대통령 덕분에 이 돈을 광고에 쓸 수 있었다"는 카피를 달고 있다. 무가베 정권의 실정에 대한 촌철살인의 조소이며 비감한 항거의 표현이기도 하다. 광고에 사용된 지폐는 2억5천만 짐바브웨 달러, 당시의 광고용 종이 값보다 훨씬 적은 돈으로 제작되었다. 이 웃지 못할 아이러니도 이미 철 지난 이야기에 불과하다. 최근에는 결국 자국의 화폐를 포기하고 미국 달러와 남아공 란드화를 공식 화폐로 사용하고 있다는 소식도 들린다. 영락없는 바나나 공화국의 모습이다.

이 불행의 배경에는 무가베 군사정권의 장기 집권과 정권을 유지시키기 위해 아등바등했던 정치적 무리수가 있다. 무가베 정권은 새천년의 시작과 더불어 백인들 소유의 농장을 강압적으로 몰수해 흑인들에게 재분배하는 충격적인 농지개혁을 단행했다. 위협을 느낀 백인들 사이에서 짐바브웨 엑소더스가 시작되었고 서구가 이를 비난하자 무가베 정권은 영국연방 탈퇴와 더불어 유

럽의 원조를 거부하고 나섰다. 스스로 국제사회와 선을 긋고 국가를 독단과 배짱으로 경영하기 시작했으며, 이에 필요한 자금을 조달하기 위해 무차별적으로 화폐를 발행했다. 나름 고뇌에 찬 결단이었을지는 몰라도 시장경제의 원리를 무시한 채 빗장을 걸어 잠그고 혹세무민의 길로 폭주했던 것이다. 그의 난폭운전을 제지할 수 있는 사람은 적어도 그 나라에는 없었다.

언론은 탄압당했으며 자유는 속박되었다. 콜라 한 병을 집어들고도 몇 개의 돈다발을 계산대 위에 올려놓아야 할 정도로 거리에 돈이 차고 넘쳤지만, 시장에선 물건들이 시나브로 사라져갔고 마침내 국민들은 헐벗고 굶주리기 시작했다. 선거 때면 거리와 골목이 피로 물들었으며 쥐도 새도 모르게 사람들이 죽어나갔다. 젊은 사람들이 몰래 국경을 넘었고 이러지도 저러지도 못하는 사람들이 쉬쉬하며 나이보다 먼저 늙어가고 있었다. 무가베 정권의 몽매한 반시대적 처사의 대가는 참으로 혹독했다.

하라레, '잠들지 않는 땅'이란 뜻을 가진 도시이다. 그러나 지금 하라레는 깊은 침묵에 빠져 있으며, 어둡고 암울한 계절이 지루하게 이어져가고 있다. 광포한 시절을 모른 척하며 길가의 가로수들만 속없이 푸르렀는데, 난 그 그늘 속을 하릴없이 오가거나 기대어 앉아 공상에 젖는 일이 맘에 들었다. 오래전 모든 일을 접어두고 이곳에 와 무작정 헤매고 다녔던 적이 있다. 그때 끼적였던 수첩에는 이런 글이 적혀 있다.

마땅한 이유도 없이 먼 길을 가야 할 때가 있다. 나도 그렇게 왔다.

버려야 할 것들이 버려지지 않아서 치밀어오르는 울화를 안고 왔다.

성지를 순례하듯 발 붓도록 걷다가 먼 이방의 가로수 그늘 아래에서

생수통에 목구멍을 열고 있는 것이다.

행려병자가 한가롭게 손 내밀고 있는 이 거리에서 오랫동안 붉은 피
가 뿌려졌더랬다.

사람들이 애써 피하는 뼈아픈 기억을 흩날리는 화염수 꽃잎들이 반추
하는데,

선홍(鮮紅)의 빛깔이 곱고 뜨겁다.


동전 몇 닢이 놓이자 불타는 타이어를 목에 두르는 형벌이 있었노라고

행려병자는 묻지도 않은 말을 한다. 물어도 얘기하지 않겠지만

아마, 남루한 저 옷 속에 한두 가지 병을 더 숨기고 있을 것이다.

참혹한 생의 어딘가에선 얼마 남지 않은 제 생이 무심히 보이기도 하
는지

얼굴의 주름이 많이 웃어본 자의 것이다.

분신하듯 온몸으로 타오르는 나무, 나무는 내 등을 떠밀어 멀리, 더
멀리 가라고만 하고

불붙고만 싶은 그 화염의 그늘에서 나는 또 생이 욱신거린다.

─ 하라레, 화염수 그늘 아래에서

# 거리에서 말을 걸어오는 사람들

◗

하라레 도심의 분주한 거리를 두리번거리고 있으면 슬그머니 다가오는 수상한 사내들이 있다. 이 부류의 셋 중 둘은 미화를 짐바브웨 달러로 바꿔준다는 암달러상들이다. 물론 불법이다. 그러나 어느 정도는 암묵적으로 용인되고 있는 불법이기도 하다. 은행에서 적용하는 공식 환율은 이 검은 시장의 환율에 비하면 턱없이 헐하다. 그러니 반드시 은행을 거쳐야 하는 거래가 아니라면 누가 이 검은 시장의 유혹을 마다하겠는가. 얼마나 많은 사람들이 은밀히 이 블랙마켓을 이용하는지, 또 그 시장이 얼마나 큰 규모로 형성되어 있는지는 이 나라에선 쥐도 알고 새도 아는 사실이다.

공식 환율과 비공식 환율의 차이가 클수록 그곳에는 강한 흡인력으로 돈을 빨아들이고 내뱉는 커다란 블랙홀이 만들어지기 마련이다. 그 블랙홀은 국가라는 이름으로 통제할 수 없는 거대한 공간이다. 정치적 꼼수들에 많이 노출되어본 사람들이라면 재빠르게 이런 생각이 스쳐갈 수도 있을 것이다. 어쩌면 의도적인 방치와 보이지 않는 관리가 작용할 수도 있을 거라는. 어쨌거나 항목과 수치로 잡히지 않는 엄청난 돈다발들이 끊임없이 어디론가 흘러다니고 있는데 그 귀착점이 어디인지에 대해선 누구도 선뜻 대답하지 못한다.

길거리의 암달러상들이 제시하는 거래의 조건은 저마다 다르다. 공식 환율도 오전과 오후가 다르니 암시장 환율이 널뛰듯 하는 건 너무도 당연한 일이다. 유념해야 할 것은 거래 조건이 좋다고 해서 무조건 따라갔다간 봉변을 당할 수도 있다는 것. 환전을 원한다는 것은 많든 적든 당신의 허리춤에 달러 뭉치가 있다는 뜻이기도 하거니와, 이들이 돈을 교환하는 장소라는 게 어두컴컴한 건물의 지하이거나 골목 깊숙한 곳에 있는 집인 경우가 대부분이기 때문이다.

한번은 껑충한 허우대에 대낮임에도 충혈이 가시지 않은 눈을 하고 있는, 한눈에 보기에도 자질구레한 범죄들을 섭렵해온 듯한 인상의 청년 네 명이 타고 있는 차에 혼자 올라탄 적이 있다. 물론 미화를 현지 달러로 바꾸기 위해서였다. 차를 빠져나올 때까지 시간이 왜 그렇게 길게 느껴지던지 등줄기를 타고 떨어져내리는 식은땀이 팬티를 적실 정도였다. 차는 당연하다는 듯이 사람들의 눈길이 닿지 않는 곳에 주차되어 있었고, 녀석들 중 한 명이 나를 차로 데려갔는데, 아뿔싸! 그 안에 여섯 개의 붉은 눈이 번득이고 있었다는 사실을 전혀 눈치채지 못했다. 나를 데려간 녀석은 나를 안쪽으로 밀어넣고 자신의 몸을 비좁은 차 안으로 구겨넣은 다음 문을 닫았다.

그 짧은 순간 머릿속 회로들이 마구 얽혀 스파크를 일으키고 목덜미가 뜨거워지기 시작했다. 마른침만 꼴깍꼴깍 삼키며 침착! 침착하고 또 침착해야 한다, 라고 수도 없이 주문을 걸었다. 조수석에 앉은 녀석이 돈을 확인하는 동안 다른 녀석들은 사방으로 눈알을 굴려가며 나와 주변의 동태를 살폈다. 내게 접근했던 녀석에게 요구했던 금액이 크지 않았음이 그나마 다행이었다. 지옥에서 보낸 하루 같았던 몇 분이 지나고 무사히 하차할 수 있었는데, 바지춤에 슬그머니 손바닥을 훔치고 짐짓 호기를 부리며 뒷골목식 악수를 할 때 내 손이 떨리고 있었던 것과 바지춤에 숨겨두고 있는 돈뭉치로 인해 내내 가슴 졸였던 속내까지 들킨 것 같지는 않았다. 나를 내려놓자 차는 먼지를 일으키며 쏜살같이 사라졌다. 만약 차가 나를 태운 채 그냥 출발했더라면…… 차가 떠나자 다리에서 힘이 빠져나가 한동안 그 자리에 멍하니 서 있어야만 했다. 이 아슬아슬한 거래는 달링턴 치타테라는 친구를 만나면서부터 다소 안정적인 국면으로 접어들었으나, 몇해 전부터 정부가 자국의 화폐를 포기함으로써 이제는 지나가버린 한때의 추억으로 남게 되었다.

거리를 배회하다보면 달러 브로커와는 사뭇 다른 포즈로 다가오는 사람들도 있다. 조잡한 기념품을 파는 치들이거나 "혹시 차하고 드라이버 필요하지 않냐?" 하고 말을 걸어오는 축이다. 예전에 이런 사람들을 우리는 '나라시'라고 불렀다. 우리에게는 불법 영업이지만 그들에게도 그런지는 모르겠다. 그러나 이곳에선 불법과 합법의 경계가 그림자처럼 희미하기 때문에 그 사이에서 알다가도 모를 일들이 비일비재하게 일어난다. 수시로 바뀌는 법령들 때문이기도 하거니와 경찰국가 특유의 권위적이고 고압적인 법 해석 앞에선 누구든 머리를 조아릴 수밖에 없다. 들려오는 풍문으로는 인맥이 확실한 사람에게 일을 맡기면 꼬인 일이 의외로 쉬이 해결될 수도 있다고 한다. 액수를 알 수 없으나 뒷돈이 필요함은 물론이겠고. 남의 나라 얘기를 너무 쉽게 하는지 모르겠지만, 그 분야에 관한 한 우리 또한 개도국 수준을 넘어서지 못하고 있기에, 저개발국가에 대한 일방적인 폄하와 경멸을 담고 있는 건 아니라는 걸 무엇보다 그들에게 말해주고 싶다.

어떤 종류의 일이건 아프리카에서 금전이 오가는 거래를 한다면 굳이 단번에 결정할 필요는 없다. 시간과 다리품, 인내심을 투자할수록 거래의 조건이 좋아지는 경우가 다반사이기 때문이다. 그 거래가 약간 음성적인 경우라면, 긴장의 끈을 놓지 않되 긴장하지 않은 척할수록 좋다. 오해가 생길 수도 있으니 잠깐 부연을 하자. 몇 해 전 짐바브웨 정부는 거리 미화를 빌미로 도심에서 걸인들과 행상들을 강제로 내몰았는데, 그 후로는 소소한 물건들로 좌판을 벌이거나 행인에게 판매행위를 하는 것 모두가 불법이며 이들과의 거래 자체가 음성적인 것일 수밖에 없다. 어쨌거나 긴장을 동반할 수밖에 없는 거래에서는 속으론 애간장이 녹아도 겉으로는 절대 티를 내지 말 것! 이것은 불문율에 가깝다. 상대의 자존심을 건들지 않는 선에서 아프리카에서 산전수전 다 겪은 사람이라는 티를 팍팍 내줘야 하는 것이다. 거기에 약간 어설퍼 보이더라도 능청스런 유머까지 가미한다면 금상첨화!

　선글라스를 끼면 용감해지거든. 최소한 초조함이나 어색함은 감출 수 있지. 그거 감추려고 억지 미소 머금어봐야 남들에겐 빤히 보여. 나 같이 소심한 인간들에게는 마법의 힘을 발휘하게 하는 물건이지.

　오래전에 한 친구가 해준 말이다. 그 친구는 한동안 크고 까만 선글라스에 집착했는데 언젠가는 한 상갓집에서 선글라스를 착용하고 있는 그 친구와 마주쳤던 일도 있다. 햇빛도 유난히 눈부시지만 아프리카에선 정말 용감해야 할 순간들이 많다. 그저 덤덤하게 들렸던 그 친구의 말이 제법 그럴싸하게 와 닿기 시작했을 무렵, 면세점에서 큰맘 먹고 짙은 색의 고글형 선글라스를 하나 장만했다. 그 친구의 말은 사실이었다. 훈련소의 교관들이 맘약해질까봐 선글라스를 쓴다는 것도 맞는 얘기였던 것 같다. 용감무쌍, 가장 나쁘게는 후안무치! 강한 빛으로부터 눈을 보호하는 것 외에 까만 색안경에서 발견해낸 새로운 기능이었다.

## 그게 바로 내 마음이다

◆

올리버 음투쿠치의 음악을 들으며 하라레를 빠져나와 무타레 로드를 달리다보면 시야의 3할은 벌판이고 7할이 하늘이다. 대책 없이 파랗기만 한 그 하늘에 카시미론보다 하얀 구름들이 낮게 걸려 있다. 달링턴 치타테를 처음 만난 건 루와 지역에 있는 아트 커뮤니티 워크숍에서였다. 커다란 유칼리나무 그늘 아래 콜라 병을 들고 서 있던 그에게 지역 작가들에 대해 물었는데, 그가 마침 지역 아트 커뮤니티 소속 조각가였다. 차에 동승해 그의 안내로 작가들의 개인 작업장을 찾아다녔던 게 인연의 시작이었다. 일을 도와줄 수 없겠냐는 제의를 그는 순순히 받아들였다. 이후 그는 내 빈번한 아프리카 여정의 충실한 가이드이자 어시스턴트, 든든한 동반자이면서 파트너이기도 했다. 쉽고 간단하게 말하면, 그냥 친구가 되었다는 뜻이다.

얼핏 보기에 그는 모든 게 평범해 보였다. 좋든 그렇지 않든 특별히 강조할 만한 점이 없는 외모와 작품 수준, 한 가정의 가장으로서 꾸려나가고 있는 살림의 규모 또한 하라레 외곽 작가들이 가지고 있는 고만고만한 수준으로부터 크게 벗어나 있는 것 같지 않았다. 붙임성 있는 성격과 성실성, 때론 놀라운 사교성을 발휘하기도 한다는 게 그가 가지고 있는 거의 유일해 보이는 장점이었는데, 내겐 무엇보다 그가 알아듣기 쉬운 영어를 구사한다는 게 더 매력적이었다. 달링턴 치타테, 한때 줄여서 '달링'이라고 부르기도 했으나 부를 때마다 등짝에 벌레가 기어다니는 느낌이 들어 대신 '치타'라는 별명을 붙여줬다. 그 별명은 장소를 이동할 때 주로 사용한다. '가자, 치타!' 〈타잔〉에 나오는 원숭이의 이름이 치타였다는 걸 그는 모르는 것 같았다.

그는 이곳의 여느 아이들처럼 크고 맑은 눈을 가지고 있는 두 여자아이의 아버지였고, 한 동네에서 오랫동안 알아온 한 여자의 반려이기도 했다. 건강하고 활달해 보이는 아이들은 해가 바뀔 때마다 몰라볼 만큼 커갔다. 그는 나보다는 다섯 살 아래였으나, 아프리카 대부분의 청년들이 그렇듯 일찌감치 동네 처녀와 눈 맞아 결혼해서 바로 아이 둘을 낳아 키우고 있었다.

그를 만난 지 얼마 지나지 않았을 무렵, 그는 자신의 아버지가 제법 알려진 '페인터'라고 했다. "슈어?" 그게 사실임을 확인하고는 대화의 채널이 넘어갔으므로 그는 아버지에 대해 더 자세한 설명을 붙이지는 않았다. 난 그냥 지레짐작으로 그의 아버지가 순수한 예술혼을 지닌 화가일 것이라고만 생각했다. 왜 그랬는지 모르겠지만, 그 느낌을 꽤 오래 가지고 있었다. 아마 순박한 그의 성품과 그의 가계에 대한 어떤 선입견 같은 게 반영되었던 것 같다. 아티스트 집안엔 뭔가 다른 피가 흐르고 있을 거라는. 나중에 문득 생각이 나서 방해가 되지 않는다면 네 아버지 작업장을 방문할 수 있겠냐고 물었더니, 당장 가도 상관없단다. 잠시 후 그는 나를 무슨 공사현장 같은 곳으로 안내했고, 한 건물을 가리키며 저게 자신의 아버지가 작업한 거라고 했다. 아버지는 근처 어딘가에 있을 거란다. 그의 아버지는 조수 몇 명을 거느리고 있는 중견 페인트공이었다.

그가 3년 동안 손수 지었다는 아담한 그의 집은 창고로 쓸 공간이 아직 미완성인 채로 남겨져 있었다. 돈이 모자라 남겨두었는데 두 계절이 지나면 완성할 수 있을 거라며 머리를 긁으며 겸연쩍은 표정을 지어 보였다. 자신의 집을 마련한다는 건 일가를 이룬 어른으로서 또 식솔들을 거느린 가장으로서 거쳐야 하는 일종의 통과의례나, 벽촌의 초막이나 움막이 아닌 다음에야 아무리 아프리카라 해도 그리 쉬운 일은 아닐 것이다. 물론 집의 개념이 우리와는 상당한 차이가 있다. 도시 외곽 지역의 대부분의 주택들은 교육환경과 부동산으로써의 가치가 전혀 고려되지 않은 전적으로 주거만을 위한 최소한의 공간일 따름이다. 인구밀도가 현저히 낮고 개발의 가능성 또한 희박해 번잡한 도시가 아니고서야 땅의 경제적 가치라는 것도 신경이 곤두설 정도의 금액은 아니다.

달링턴이 집을 지었던 과정은 루와 지역의 젊은이들이 결혼을 해서 분가를 할 경우 집을 마련하는 전형적인 방식이다. 그들이 집을 마련하는 과정은 대충 이렇다. 가장 먼저 해결해야 할 것은 당연히 집을 지을 땅을 마련하는 것이다. 마침 루와에는 대형 신흥 택지를 개발하기 위해 길을 닦아놓고 전기를 끌어다놓은 벌판이 있다. 그 한 귀퉁이에 땅을 확보한다. 이 과정까지는 그리 어려운 일이 아니다. 그다음 비슷한 시기에 집을 지을 친구와 품앗이를 하기로 새끼손가락을 건다. 돈이 생기는 대로 벽돌을 사 모은다. 건축비용에서 가장 큰 비중을 차지하는 게 이 벽돌값인데, 철거하는 건물에서 나오는 벽돌을 싼값에 사다가 틈틈이 벽돌에 달라붙어 있는 시멘트를 망치로 떼어내면 비용을 크게 줄일 수 있다. 집 모양새를 결정하고 시멘트와 창호, 지붕 마감에 필요한 재료와 목재 등을 사 모은다. 그리고 시간이 나는 대로 손가락을 건 친구와 양쪽 현장을 오가며 집을 지어가면 된다. 간단하다. 그런데 달링턴은 자신이 그래도 집을 빨리 지은 축에 속한단다. 실제 그 동네에는 수년째 겨우 방 한 칸 정도의 벽돌만 쌓아놓은 채 방치되고 있는 건물들이 숱하게 눈에 띄었다.

전시 준비를 돕기 위해 달링턴이 한국에 머물고 있을 때, 세상 물정에 대해 까막눈이나 다름없는 그를 혼자 있게 할 수 없어 어디를 가든 데리고 다녀야만 했다. 밤에 그를 태우고 강변도로를 달린 일이 있다. 그의 눈에 새롭지 않은 게 어디 있을까마는 서울의 야경은 특히 인상적으로 비쳤던 것 같다. 저기 산 위의 불빛은 서울타워란 거고 강 건너 쪽이 남쪽인데 서울의 부자들이 사는 뉴타운이지, 뭐 그런 식으로 설명을 하는데 강 건너 쪽을 바라보는 그의 시선이 한곳에 머물러 있다. 불빛이 가지런히 정렬되어 있는 강변의 아파트 단지들을 보고 있었던 것 같다.

"저 빌딩들은 뭐지?"

"그거, 아파트야. 저 불빛 하나가 '원 패밀리'지. 도시 사람들은 대부분 저런 데 살아."

거대한 아파트 단지들과 아파트라는 주거문화가 그에겐 자못 충격적이었던 것 같다. 한참 동안이나 말을 잇지 못하더니 겨우 입을 뗀다.

"……꼭 벌집 같다."

벽돌 한 장 한 장에 진한 땀냄새가 배어 있을 그의 작은 집에는 언제나 수줍음을 감추지 못하는 그의 아내와 어느새 훌쩍 자라버린 두 딸이 산다. 마지막으로 그의 집을 방문했을 때, 그의 딸아이로부터 카드 한 장을 받았다. 색연필을 꾹꾹 눌러쓴 카드에는 아버지가 할아버지가 되었을 때도 내가 아버지의 친구이길 바란다고 적혀 있었다. 그는 집에서도 종종 내 얘기를 꺼냈던 모양이다. 그 아이는 아마 아버지의 마음을 헤아려 카드에 담았을 것이다. 다음에 그 아이를 만나면 이 얘기를 꼭 해주고 싶다. 그게 바로 내 마음이라고.

# 치타에게 일어난 생애 최초의 일들

◗

　　　　　　　　　　　　치타(달링턴 치타테)가 처음 한국에
온 것은 새천년이 시작되던 해의 끄트머리쯤이었다. 그가 도착하
기 며칠 전 중부지방에는 제법 많은 눈이 왔고, 하얗게 뒤덮인 세
상 위로 눈이 다시 나풀거리며 내려앉고 있었다. 비행기가 도착
했음을 알리는 전광판에 불이 들어오고 한참이 지났는데도 출국
장을 빠져나오는 사람들 사이에 그의 얼굴은 보이지 않았다. 그
비행기 탑승객들이 거의 공항을 빠져나갔을 법한 시간에 이르자
불안감이 몰려들기 시작했다. 혹 출입국을 관리하는 직원들이 함
부로 그의 짐을 뒤지며 다시 아프리카로 돌려보낼 빌미를 찾고
있는지도 모를 일이었다.

　당국에서는 아프리카의 사람들이 들어오면 그중 열에 아홉은
불법 체류한다는 판단을 내린다고 귀띔해준 사람이 있었다. 그의
말에 의하면 합법적인 절차를 밟고 들어왔다고 하더라도 그 방문
객이 정상적으로 출국하지 않는 경우가 종종 있으며, 그 가능성
은 공항에 파견된 외교부의 직원들이 자의적으로 판단한다는 것
이다. 아프리카에서 온 사람들의 경우 신원이 확실한 사람들도

공항을 빠져나가는 순간부터 행방을 감춘다는 편견을 공식화하고 있다는 것이었다.

언제부터 우리에게 가난하고 무력한 이들에 대해 은근히 범죄의 가능성을 열어두고 함부로 대하는 못된 버릇이 생긴 것일까. 나쁜 버릇은 고치면 된다지만, 이건 버릇의 수준을 넘어서 이미 확고하게 자리잡고 있는 고질적인 병리현상이며, 비단 우리들의 문제도 아니다. 동서고금을 통틀어 가진 자와 그렇지 못한 자가 동등하게 대접받았던 역사를 가지고 있는 민족이 어디 있겠는가. 귀족에서 노예에 이르는 계급과 신분의 구분은 다만 가진 것의 정도를 의미하는 것이 아니라, 법이나 사회적 관습에 의해 누리거나 복무해야 하는 권리와 의무의 양을 나누는 기준에 다름 아닐 것이다. 다만 우리의 경우가 좀 두드러지게 와 닿는 건, 가난해서 받아들일 수밖에 없었던 굴욕의 경험들이 아직 우리의 기억 속에 생생히 남아 있다는 것이다.

짐이 가득 실린 카트를 밀고 나오는 사람들 사이로 손가방 하나를 들고 출국장을 빠져나오는 그의 까만 얼굴이 보였다. 다행스럽게도 별탈은 없었던 모양이었다. 연신 눈을 굴려가며 사람들 속에서 내 얼굴을 찾아내느라 분주한 그를 잠시 지켜보다 손을 흔들어주었다. 상기된 그의 낯빛 속에 안도의 표정이 짧게 스쳐갔다. 그는 지금 막 아프리카의 여름으로부터 동북아시아의 겨울 속으로 들어온 것이다. 그것보다도 그를 더 낯설게 만든 것은,

'날것'의 교통수단을 이용해 생애 처음으로 자신의 고향을 벗어나 말로만 들어오던 아시아의 분단국인 코리아에 발을 디딘 것이다. 악수를 나누고도 그는 한동안 얼떨떨한 표정을 감추지 못했다.

"코리아에 온 걸 환영해. 여기는 지금 겨울인데, 공항을 나서는 순간 널 얼음조각으로 만들 수도 있으니까 마음 단단히 먹어. 그리고 보여줄 게 있는데, 그건 좀 이따……"

그를 태우고 공항을 빠져나올 무렵 그의 표정은 한결 밝아졌다. 긴장이 좀 풀리는 모양이었다. 준비해간 두툼한 외투를 건네니 기다렸다는 듯 재빠르게 걸쳐입는다. 시간은 이미 저녁을 넘어서고 있었다.

"……근데 내게 보여준다는 게 뭐야?"

"응? 못 봤어? 저기 쌓인 저 눈."

그제야 치타는 고개를 돌려 창밖 풍경을 주시한다. 가로등이 비추는 도로변의 낮은 둔덕들은 아직 사람들의 발길이 닿지 않은 눈들로 덮여 있었고 차창으로 간간히 날파리 떼 같은 눈들이 스쳐갔다. 그가 본 최초의 눈이었다.

"오, 판타스틱!"

치타는 이후로도 몇 번 더 한국을 다녀갔다. 나의 초청에 의한 것이었다. 두번째 방문부터는 아예 내가 살고 있는 집에서 숙식을 해결했다. 자질구레한 짐들을 보관하던 방을 하나 비워 쓰도록 했다. 크진 않지만 몇 달 묵어가기엔 그럭저럭 쓸 만한 방이었다. 한국식 이부자리와 사무실에서 쓰던 낡은 책상, 상태가 불량하긴 하지만 사용이 불편하진 않은 중고 TV와 영어로 쓰인 책 몇 권도 미리 넣어두었다.

"주방 기구들은 이곳을 열어보면 다 있으니까 냉장고에 있는 재료들을 이용해서 해먹고 필요한 것들은 포스트잇에 적어서 냉장고 문에 붙여놓든가 장 보러 갈 때 잊지 말고 말해. 되도록 스파게티 면과 소스, 채소와 달걀, 우유, 닭고기는 떨어지게 하지 않을 테니까…… 그리고 비상금은 책상 서랍에 넣어둘 테니 필요할 때 사용하고 컴퓨터는 사무실에서 쓰도록 해. 참, 집 현관 밖에 자전거 봤지? 여기 열쇠, 그리고 뭐 당장 필요한 거 없어?"

누구랑 같이 한집에 산다는 것은 어려운 일이다. 처음으로 자신의 나라를 벗어나 이 집을 나서면 바보가 되고 마는, 외국인이라고 해서 사람들이 선뜻 친절을 베풀어줄 리 만무한 까만 친구와 같이 산다는 건 아이 한 명을 보살피는 것과 같은 정도의 인내와 노력이 필요했다. 그래도 치타는 한 주일 정도가 지나자 놀라운 적응력을 발휘하기 시작했다. 동네 구멍가게를 드나들기 시작하더니 시간이 날 땐 자전거로 여기저기를 쏘다녔고 자주 마주치는 사람들과는 인사를 나누기도 했다. 급기야 지하철을 이용하는 방법을 일러달라고 했지만, 지하철을 탈 만큼 멀리 갈 일이 있을 땐 반드시 나와 동행해야 한다는 이유로 고사했다. 일을 마치고 무사히 가족의 곁으로 돌아갈 때까지 그를 보호해야 할 의무가 나에게 있었기 때문이다.

　생활이 어느 정도 익숙해지자 치타는 만나는 사람들에게 어눌한 발음으로나마 "안녕하쉐~요?"라고 정중히 인사를 했다. 내가 그의 고향 사람들에게 "마가디!"라고 인사했던 것처럼. 내가 씨익 웃어 보이면 그는 안 해도 될 말까지 덧붙여 상대를 당황스럽게 하기도 했다. "밥 먹었니?" 이건 내가 그에게 자주 하는 질문인데, 혹 먹을 게 마땅치 않아 배를 곯진 않았나 해서 하는 말을 그가 인사로 착각했던 모양이다. 어쨌거나 그냥 "그래, 먹었다. 넌?" 하고 넘어가도 좋으련만 꼭 가르치려고 하는 축들이 있다. 우리말로 인사를 건네며 능청도 부려보는 여유를 갖기까지 낯설고 당혹스럽기 그지없는 한국생활이 그에게는 고역이었을 것이다. 한 번도 겪어보지 못한 혹한과 자극적인 음식에서부터 힐긋거리는 눈길까지 뭐 하나 만만하고 편한 게 없었을 것이다. 그를 옆자리에 태우고 내부순환로를 달리다 길을 가로막고 있는 산의 까만 구멍 속으로 차가 돌진하자 그는 사색이 되어 물었다.

　"정말로 차가 저기로 들어가는 거야?"

　"물론……"

　"오 마이 갓!"

　그는 눈을 찔끔 감은 채 고개를 숙였다. 처음엔 터널조차도 그에겐 공포의 대상이었다.

# 엉덩이를 걷어찰 것인가, 무릎을 꿇을 것인가

🌢

치위웨는 내가 처음 짐바브웨라
는 나라를 방문했을 때, 묵을 곳이 마땅치 않아 한동안 신세를 졌
던 한국인 태권도 사범, '마스터 리'의 집에서 집안일을 하던 가정
부였다. 성품이 바지런하고 싹싹한데다 일처리가 야무져서 집주
인 내외의 신임을 얻고 있던 터였다. 검은 피부의 사람들은 왜 다
거기서 거기쯤으로 보이는지, 당시에는 현지인들과 어울리거나
말을 섞어본 경험이 적어 물어서 확인하기 전에는 나이를 가늠하
기가 쉽지 않았다. 대개가 좀 나이가 들어 보이는 편이긴 했지만,
그런 점까지 감안해서 어림해본 나이와 실제 확인해본 수치 사이
에는 늘 적지 않은 오차가 생기기 일쑤였다. 집 안 허드렛일들을
하고 있다고 해서 숙녀의 나이를 함부로 물어볼 수는 없는 노릇
이다. 치위웨는 그냥 스물서넛쯤 되지 않았을까 짐작만 하고 있
던 처자였다.

치위웨는 한 번 나갔다 들어올 때마다 빨래를 한 바구니씩 쏟
아내는 내게 단 한 번도 불평 섞인 기색을 보이지 않았다. 오히려
거실에서 마주칠 때마다 수줍은 듯 고개를 숙이거나 살짝 돌려

시선을 피하면서도 빙긋 웃어주었다. 짐바브웨는 잠깐이긴 하지만 자주 비가 내리는 우기를 제외하면 연중 볕이 좋고 건조하기까지 해 빨래가 마르는 데 더없이 좋은 기후를 가진 나라이기는 했다. 빨래의 물기를 짜내고 탈탈 털어 널어놓으면 청바지가 마르는 데도 반나절이면 족하다. 치위웨의 일과 중 가장 많은 시간을 필요로 했던 게 빨래를 하고 옷가지들을 정리하는 일이었다. 매일 아침 청소 후에는 세탁실에 던져놓은 빨랫감을 분류해 세탁해 널고 오후에 거두어들인다. 그리고 저녁식사 후 다림질을 해 잠들기 전에 세탁물의 주인 방에 가지런히 정리해놓는다.

아무런 연고도 없는 머나먼 객지에 나와, 내 나라에서도 입어보지 못했던 다림질한 속옷을 입고 기분 좋게 하루를 시작할 수 있었던 건 순전히 치위웨 덕이었다. 치위웨는 팬티와 양말까지도 광목 같은 천을 덮고 다리미로 각을 잡아 다린 뒤 침대 머리맡에 올려놓았다. 불필요한 일이기도 했거니와 민망하기도 해서 속옷까지 다릴 필요는 없다고 했으나, 치위웨는 오래전부터 해와 몸에 익은 일이라는 듯 못 들은 척 그냥 웃어넘겼다. 다림질한 속옷은 속살에 닿는 느낌부터가 달랐다. 좋았다는 얘기다. 남의 집에 잠시 묵었다 가는 뜨내기에 불과했지만, 대접받는다는 느낌이 싫지는 않았다. 어쨌거나 다림질한 속옷을 입어본 건 그 이전과 이후를 통틀어 단 한 번도 누려보지 못했던 호사였다.

응고마는 치위웨와 어린 시절부터 알아온 동네 친구였다. 실업률이 70퍼센트에 달하던 당시에 그 7할의 인구에 속해 일정한 수입 없이 날품을 팔던 평범한 청년이었다. 응고마는 집주인에게 신임을 얻고 있던 치위웨의 추천으로 이 집의 정원사로 일하게 되었는데, 훌륭한 직장은 못 되었지만 그래도 푼돈벌이로 일을 찾아 헤매던 때에 비하면 훨씬 안정적인 일터였다. 집이 있던 에메랄드 힐은 이 나라에서 내로라하는 사람들이 모여 사는 오래된 부촌으로 집들의 규모가 에이커 단위로 나뉜다. 이를테면 원 에이커, 투 에이커 하는 식으로. 내가 묵던 집은 원 에이커, 그러니까 우리가 쓰던 평수 개념으로는 1,200평을 조금 웃돈다. 그게 개인 주택의 넓이라니, 우리로서는 입이 떡 벌어지는 면적이었지만, 그들에게 강남의 30평대 아파트 가격을 일러주면 아마 턱이 빠져버릴 수도 있을 것이다. 마스터 리의 집은 그 동네에서 작은 규모의 주택에 속했지만, 그래도 정원에는 큰 고목들이 있어 아침마다 온갖 새들을 불러모으는 제법 운치 있는 집이었다.

집에 드나드는 사람들에게 문을 열어주고 대문 옆의 큰 개에게 밥을 챙겨주는 일, 집 뒷마당에 있는 조그만 풀장에 떨어진 나뭇잎들을 건져내거나 정원의 풀을 깎는 일 등이 응고마의 일이었다. 아침에 잠을 깨우는 건 정원을 둘러싸고 있는 고목의 우듬지로 날아드는, 종류를 알 수 없는 새들이다. 나는 치위웨가 미리 내려놓은 커피를 마신 후 동네를 한 바퀴 뛰고 들어오는 것을 일과의 시작으로 삼았는데, 이 일이 응고마에게는 전에 없던 번거로운 일이었다. 내가 일어날 때쯤 정원에 나와 있다가 문을 열어주고, 들어올 때에 맞춰 다시 문을 열어주어야 했으니까. 제 딴에는 눈치껏 일한다는 생각으로 드나드는 시간에 맞춰 미리 정원에 나와 있었고, 난 그게 늘 마음에 걸렸다.

쾌적한 공기 덕분인지 단순한 일상 덕분인지 이곳에선 눈을 뜨면 잠자리에서 꾸물거릴 새도 없이 정신이 맑아진다. 아침식사를 하기 전까지 특별히 해야 할 일도 없고 해서 뜀박질에 나섰던 것인데, 여지없이 응고마는 미리 정원에 나와 있다. 특이한 점 하나는 응고마가 나와 마주칠 때 늘 시선을 아래로 향한다는 것이다. 처음에는 동양인과 눈을 마주치는 것이 익숙치 않아 그런 줄 알았는데, 일주일쯤 지나고 나서야 그 시선이 뭔가를 응시하고 있단 걸 눈치챌 수 있었다. 이 친구가 내가 신고 있던 운동화에 마음을 빼앗긴 모양이었다. "너, 이 운동화 맘에 들어? 갈 때 주고 갈까?"라고 묻자 바로 입이 귀에 걸린다. 걸어야 할 일이 많아 챙겨왔던 여벌의 운동화였으니 주고 가도 문제는 안 되었지만 신고 있던 걸 벗어준다는 게 여간 찝찝하지 않았다. 그 후로는 이 넉살 좋은 친구가 시선을 운동화에 맞춘 다음 아예 엄지손가락을 추켜올린다. 그리고 간혹 출국일까지 확인을 하는 것이다. "너, 며칠 남았지?" 치위웨가 깨끗이 세탁해놓은 운동화는 마침내 응고마의 손에 쥐어졌고, 나는 루이보스차 한 통을 선물로 받았다.

두 해쯤 흘러 마스터 리의 이사한 집을 찾았을 때, 치위웨와 응고마는 없었다. 그 대신 응고마의 친구라고 하는 침바가 마당을 지키고 있었다. 치위웨는 결혼을 했고 응고마는 어디론가 떠났다고 했다. 그 자리에 침바와 침바의 여자친구가 들어와 일을 했는데, 지금은 침바의 여자친구도 일을 그만둔 상태이며, 격일제로 일하는 아주머니가 집안일을 보고 있다고 했다. 마스터 리의 말에 의하면 침바의 여자친구는 동네 청년과 바람이 났다. 뭐, 결혼을 한 것도 아니니 바람은 아니고 변심이겠지만, 어쨌든 그 일로 침바는 한동안 힘든 시간을 보냈다고 했다. 침바에게는 안된 일이지만 충분히 그럴 수 있는 일이며, 누구나 한 번쯤 겪어보는 흔해빠진 일이기도 하다. 인간의 마음이 크게 다르지 않아서, 애정 문제에 동서와 고금의 차이가 있을 리도 없다.

침바의 경우가 좀 특별해 보이는 건, 전 여자친구의 새로운 상대가 같은 동네에 거주하고 있다는 것, 그래서 간혹 마당을 쓸고 있거나 개밥을 챙겨주고 있을 때, 대문 밖으로 그 커플이 손을 잡고 지나가기도 한다는 것, 그럴 때마다 빗자루나 개밥그릇을 들고 망연히 그들의 웃음소리를 들을 수밖에 없다는 것이다. 침바가 정원에 물을 뿌리고 있던 어느 늦은 오후, 동네 청년이 침바의 전 여자친구를 자전거에 태우고 뒤뚱거리며 장난스럽게 대문 앞을 오가는 장면이 내 눈에 포착되었다. 문제의 커플은 뭐가 그리 즐거운지 연신 낄낄거리고 있었고 침바는 애써 시선을 피하며 호스 끝을 눌러 물을 더 멀리 가도록 뿌려대고 있었다. 그 커플의 웃음소리가 내 귀에도 몹시 거슬렸다.

"얌마, 넌 배알도 없냐? 쟤네들 멀리 가서 놀게 물이라도 확 뿌려! 아님 다시 뺏어오든지."

고개를 들어 지그시 먼 하늘을 바라보던 침바가 불어터진 면발 같은 목소리로 한마디한다.

"그게 인생이야."

"……뭐 ……뭐? 인생?"

기습적으로 뒤통수를 얻어맞은 것처럼 머리가 띵— 하고 울렸다. 입 밖으로 무슨 말이 튀어나가려고 하는데, 내뱉어야 할 말이 도무지 생각이 나지 않았다. 괜히 멋쩍어진 건 그가 아니라 오히려 나였다. "에라이, 등신 같은 놈" 하고 녀석의 엉덩이를 차주어야 하는지, "형님!" 하고 넙죽 큰절을 올려야 하는지, 분명 둘 중 하나일 것 같은데 답이 떠오르지 않았다. 솔직히 말하면 나는 지금도 모르겠다. 녀석이 바보였는지 도인이었는지.

# 두 수용소에서 생긴 일

◦

당신이 생각하는 대로 살지 않으면, 머지않아 사는 대로 생각하게
된다.

— 폴 발레리

남자에게는 네 가지 공포가 있다. 고립에 대한 공포, 가난에 대
한 공포, 질병과 죽음에 대한 공포, 그리고 이 모든 공포가 사라
지는 것에 대한 공포. 근거는 따로 없다. 조금 전 내 머릿속을 스
쳐간 생각이므로. 요는 남자에게는 공포가 일상화되어 있다는 것
이다. 공포와 함께 살아가기, 이것이 자신과 가족, 또는 영역을
지키기 위해 피를 보아야만 하는 모든 수컷들의 감추어진 본성이
자 숙명이기도 하다. 그러니 수컷들에겐 들판을 끊임없이 배회하
다 달밤에 바위에 올라 우우— 울부짖는 것도, 어두운 골목길에
서 휘청거리며 고성방가를 일삼는 것도 괜한 짓만은 아니다.

강력한 권력에 의해 통제되는 사회나 빈틈없는 제도로 조직
된 사회는 남자의 공포를 내면화시킬 뿐, 그것을 해소하지는 못
한다. 뚜렷한 이유도 없이 초조와 불안에 시달리거나, 사소한 일

에도 격하게 반응하는 것, 가시지 않는 만성두통과 사십대에 급격히 늘어나는 발병률 또한 내면화된 공포와 관련이 있다. 그러나 그 공포가 반드시 부정적으로 작용하는 것만은 아니다. 열악한 환경이 항체를 만들듯, 일찍이 극복해야 할 적을 감지한 이들은 두려움에 맞서는 방식을 스스로 터득하게 된다. 공포가 심약한 사람에게는 독이 되고 담대한 사람에게는 약이 되는 것이다.

막연한 이상과 구체적인 현실 사이에서 남자들은 대부분 공포에 길들여진다. 현대사회에서 개인이 사회구성원으로 편입되어가는 과정을 인성의 발전이며 어른 되기의 통과의례로 여기는 게 일반적이지만, 이 사회화의 이면에는 '길들여짐'의 그늘이 존재한다. 푸코가 이드에서 에고로의 발전을 '광기'를 거세시킨 결과로 받아들이는 것과 같은 맥락이다. 비단 남자들만의 문제는 아니겠지만, 우리를 둘러싸고 있는 세계는 집요하게 개인의 욕망을 순치한다. 불합리한 사회일수록 구성원을 다루는 방식은 가혹하기 마련이고, 어떤 방식으로든 그 불합리에 대항하는 사람들 또한 있기 마련이다.

비슷한 시기에 나를 사로잡았던 두 개의 이야기는 모두 아프리카를 배경으로 한다. 불합리한 세계의 폭력에 온몸으로 맞서왔던 사람들, 또는 가혹한 현실 속에서 꿈꾸기를 멈추지 않고 결국 그 꿈을 이루어낸 진정한 사내들의 다큐멘터리다. 이미 지난 시대의, 그것도 우리와는 아주 먼 곳의 이야기가 한 편의 감동적인 휴먼 드라마로, 잊히지 않는 아름다운 우화로 남는 것은 그들이 꾸었던 꿈이 존재의 가치를 일깨워주고 있기 때문이다. 가능성이 희박할수록 고귀한 꿈, 그리고 그 꿈을 향한 무모한 도전 말이다.


### More Than Just a Game

먼 이방의 밤은 쉽사리 단잠을 허락하지 않는다. 무겁게 달려드는 피로와 온갖 상념들이 파도처럼 몰려왔다 물러나기를 반복하고 있을 때, TV는 얼핏 남아공 로벤 섬의 감옥과 축구에 관한 영상을 보여주었다. 해질녘이면 석양을 보기 위해 달려갔던 케이프타운의 시그널 힐에서 희미하게 바라보이던 섬. 넬슨 만델라가 18년을 복역했다는 감옥이 있는 섬이 바로 로벤 섬이다. 그런데 군대와 축구도 아니고 감옥과 축구는 웬 말인가. 이후 오래 내무의식에 잠복해 있던 감옥과 축구라는 어울리지 않는 이미지는, 마침 컴퓨터 앞에 앉아 뭔가를 떠올리려 애쓰고 있을 때 내 머릿속을 별똥별처럼 스쳐갔다. 구글과 아마존은 오래전 보았던 그 영상이 다큐멘터리 영화 〈More Than Just a Game〉이며, 동명의 책이 출판되어 있음을 알려주었다.

2007년 7월 18일 펠레를 위시하여 사무엘 에투, 루드 굴리트, 조지 웨아 등 세계적 축구 스타들이 로벤 섬에 모여들었다. 감옥 내에 있던 황폐한 축구 경기장에서 그들이 찬 여든아홉 개의 축구공이 낡은 골대를 향해 날아갔다. FIFA가 주관한 넬슨 만델라의 여든아홉번째 생일을 기념하는 자리였다. 그보다 앞서 2006년 독일 월드컵 결승전에서 세기의 축구 스타 지단이 이탈리아의 수비수 마테라치의 가슴팍을 머리로 들이받는 유명한 사건이 있었다. 프랑스 식민지였던 알제리 출신의 지단이 경기 도중 인종차별 발언을 참지 못해 박치기를 날렸던 것인데, 이 사건에 대해 제프 블래터 FIFA 회장이 "남아공의 로벤 섬에 두 사람을 불러 화해를 주선하겠다"는 제안을 했다. 로벤 섬은 도대체 어떤 곳이며, 축구와는 무슨 관계가 있을까?

로벤 섬에는 감옥이 있었다. 남아공의 극단적인 인종분리 정책인 아파르트헤이트에 저항했던 정치범들을 수감했던 감옥이었다. 아파르트헤이트 자체가 공포였던 시절이니, 정치범들을 다루는 방식이 얼마나 가혹했을까. 고된 노동과 폭력으로 점철된 날들이 이어졌다. 간수들 몰래 셔츠를 둥글게 뭉쳐 발길질하는 것을 낙으로 삼던 수감자들은 정치 노선을 떠나 한 목소리로 축구를 할 수 있는 권리를 주장했다. 온갖 탄압 속에서도 스스로 인간임을 자각할 수 있는 유일한 여가활동을 집요하게 탄원했고, 때마침 남아공의 가혹한 인종차별 정책에 반대하던 국제사회와 적십자사의 압력에 결국 교도소 당국은 축구 경기를 허락하게 되었다.

천사백여 명에 이르는 수감자들은 선수, 매니저, 심판, 코치 등

체계적으로 구성된 팀들을 만들고, FIFA의 규정을 엄격하게 적용하여 경기를 치렀다. 지속적인 투쟁으로 경기중에는 죄수복을 벗고 유니폼을 입을 수 있는 자유도 얻었다. 불어난 팀은 세 개의 리그로 나눠 매주 축구 경기를 치렀다. 만델라의 여든아홉번째 생일에 축구 역사상 처음으로 개인이나 국가가 아닌 단체의 자격으로 FIFA 회원이 된 '마카나 축구협회'는 이렇게 만들어지게 되었다. 서슬 퍼렇던 아파르트헤이트 체제하에서, 그것도 정치범들을 모아놓은 수용소에서. 전설 같은 그들만의 리그는 1991년 만델라 정권에 의해 감옥이 폐쇄될 때까지 계속되었다.

"우리는 축구를 통해 저항과 단결을 도모했다"는 만델라의 말처럼, 로벤 섬의 감옥 축구는 다양한 정치적 신념과 배경을 가지고 있는 수감자들을 하나로 묶어 아파르트헤이트에 저항하는 계기를 만들었다. 공으로 승패를 가르는 단순한 게임을 넘어 자유를 위한 투쟁의 연대였던 것이다. 지옥 같은 수용소에서 수많은 역경을 딛고 인간의 위엄을 찾는 도구로 축구가 어떻게 활용되었는지에 대한 이 믿기 힘든 설명은, 우리 모두에게 자유와 꿈의 의미를 다시 한번 되새기는 아름다운 전설로 남는다.

체제에 맞춰 살기 위해 노력하는 것보다 맞서 싸우는 게 옳은 일이었다(딕강 모세네케. 수감번호 491/63).

스포츠가 곧 인권이었다. 우리 수감자에겐 정신적으로 육체적으로 더욱 성장할 수 있는 권리가 있었다(아이잭 음티무네, 수감번호 898/63).

우리는 절망적인 상황에 낙담했다. 우리의 자긍심을 지키기 위해 권리를 쟁취해야 했다(베니 은토엘레, 수감번호 287/63).

자기 자신의 노래를 부르지 않으면, 그것이 얼마나 훌륭한 것이든 간에, 노래는 묻혀버리고 역사는 사라질 것이다(안토니 수즈, 수감번호 501/63).


당시 마카나 축구협회 소속의 선수들은 아파르트헤이트의 붕괴를 이끌었던 혁명가들이었으며, 만델라 정부의 토대를 구축했던 사람들이다. 그들 중 레인저스 FC팀의 주장이었던 제이컵 주마는 현재 남아공의 대통령으로, 지난 2010년 남아공 월드컵을 지휘했다.


## No Picnic on Mt. Kenya

아프리카에 매료되어 청춘의 한 시절을 봉헌했던 사람들이 있다. 후배 윤석영이 그런 사람이다. 아프리카가 까마득하게만 여겨지던 시절, 대기업으로 분류되던 멀쩡한 직장을 헌신짝처럼 버리고 대륙 종단여행에 나선 후 엉덩이가 가려울 때면 미련 없이 한달음에 날아갔던 그였다. 한동안 배낭에 돌을 넣고 웬만한 거리쯤은 뛰어서 다니는 미친 짓을 일삼더니, 일주일간 250킬로미

터를 달리는 죽음의 사하라 사막 마라톤 코스를 완주하고 온 별
종이다. 어느 날 이 후배가 아프리카 케냐 산에 미친 별종들의 이
야기가 담긴 책 한 권을 들고 왔다.

『No Picnic on Mt. Kenya』. 1953년 이탈리아에서 초판이 발행
된 뒤로 판을 거듭하며 60년 가까이 절판되지 않고 읽히고 있는
책이다. 책은 얼핏 케냐 산 등정기로 보였으나 내용이 그리 단순
하지만은 않았다. 전쟁과 포로, 그리고 탈출, 엄혹한 현실 속에
서 미치도록 열망했던 사내들의 꿈, 불가능한 것들에 대한 무모
한 도전과 정복 등에 대한 내용을 담고 있었다. 이 모험담은 국가
적 자존심을 위해 산의 정상에 깃발 꽂기 경쟁을 벌이는 이야기
가 아니라, 자신의 존재의미와 인간애를 재확인하고, 동시에 하
산 후 다가올 결과 앞에 결의를 새로이 다지며 정상에 오르고자
몸부림쳤던 세 산악인에 관한 이야기이다.

저자 펠리체 베누치는 1910년 이탈리아인인 부친과 오스트리
아인이었던 모친 사이에서 태어났다. 특이하다 싶은 건 부모가
모두 열혈 산악인이었다는 것. 그 또한 어린 시절부터 이탈리아
북동부에 위치한 줄리앙알프스의 산자락들과 돌로미테 협곡을
제집처럼 드나들며 자연스럽게 등반에 입문했다. 그러나 그의 인
생행로는 산악인의 길과는 판이했다. 로마에서 법학전문대학원
을 졸업한 뒤 이탈리아 식민지청에 지원해 공무원의 길을 걸었던
것이다.

그는 당시 이탈리아군이 점령하고 있던 에티오피아로 파견되었다. 그러나 동아프리카에 식민제국을 건설하려던 무솔리니의 계획은 1941년에 연합국이 이 지역을 점령함으로써 짧게 막을 내렸다. 당시 서른한 살이던 베누치는 외국에서의 근무경력을 쌓고자 하였으나, 결국엔 동아프리카의 영국령 케냐에 있던 제354 포로수용소에서 전쟁포로의 신세가 되고 말았다.

포로수용소 막사는 인도양에서 몰려든 먹구름 아래 있었다. 주위는 마치 납으로 된 담요를 두른 것처럼 무겁게 가라앉아 있었고, 베누치는 침울했다. 우기가 지루하게 이어지던 무렵의 어느 늦은 오후였다. 베누치의 시선이 갈라진 먹구름 사이로 솟아오르는 듯한 케냐 산과 만났다. 먹구름의 장막 속에 가려져 있던 신비롭고 장엄한 풍경이었다. 거대한 덧니 모양의 날카로운 봉우리는 빛을 등진 채 검은 형체를 드러내고 있었다. 기울어가는 태양의 잔영을 배경으로 희미한 빛을 띠는 적도의 빙하를 바라보던 베누치, 섬광처럼 뇌리를 스치는 단 하나의 생각에 사로잡혔다. '저 산의 정상을 밟겠노라. 내 기어이 저 산의 정상을 밟고야 말겠노라.' 이 기이한 모험담은 이렇게 시작되었다.

베누치의 케냐 산 등정 계획은 허황한 것이었으나 집요하게 추진되었다. 훔친 망치를 갈아서 피켈(빙설 등반에 사용하는 곡괭이형 지팡이)을 만들고 쇠붙이들을 주워모아 아이젠(등산화 바닥에 부착하여 미끄러짐을 방지하는 등산 용구)을 만들었다. 버려진 옷감들은 허름한 배낭으로 다시 태어났다. 돈키호테 같은 그의 계획에 대해 동료들은 조용히 침묵하는 방식으로 도움을 주었다. 영내는 가시철조망이 둘러싸고 있었으나 복제한 열쇠도 확보해두었다. 모두 잠든 밤이면 몰래 영내를 빠져나와 주변을 정찰했고 그 모든 정보들을 꼼꼼히 기록했다. 그러나 그 모든 노력들보다 더 결정적인 계기가 되었던 것은 귀안과 엔쪼라는 두 동료를 얻은 것이었다.

해발 5,199미터의 케냐 산은 킬리만자로에 이어 아프리카 대륙에서 두번째로 높은 설산이다. 케냐의 수도 나이로비에서 북쪽으로 180킬로미터 떨어져 적도 바로 아래에 위치해 있으며, 국호를 빌려올 만큼 케냐 사람들에겐 매우 신성시되고 있는 산이다. 검은 암벽들과 흰 만년설이 범부의 발길을 허락하지 않았던 신들의 거처이다. 마침내 수용소를 탈출한 전쟁포로 세 명이 이 산의 정상에 도전했다. 식량과 장비는 물론 신통치 않았으며, 의료나 사고에 대한 대책 또한 전무했다. 그러나 신은 그들에게 자신의 거처에 족적을 남기는 것을 허락했다. 수용소 탈출 보름만의 일이었다.

그리고 그들은 다시 포로수용소로 돌아왔다. 왜? 처음부터 탈출이 목적은 아니었으니까. 탈출에서 등정에 이르는 과정과 복귀 이후 그들이 겪었을 고초를 설명한다는 건 새삼스러운 일이다. 어쨌든 종전 후 베누치는 본국으로 송환되었고, 이탈리아 외무부에 복직하여 대사 자리에까지 올랐다. 한국에서 올림픽이 치러지던 해에 그는 사망했으나, 이 별종들의 모험담은 세기가 바뀐 이후에도 사내가 지녀야 할 이상에 대한 꿈과 도전, 그리고 투신의 아름다움에 대해 많은 이야기들을 들려주며 수컷들의 본능을 자극한다. 후배 윤석영과 나를 매료시켰던 것처럼.

## 맨발과 알비니즘

🌢

아프리카 음악을 듣는다는 것은 비트와 리듬에 몸을 내맡기는 일이다. 흥겹거나 애처롭거나 몸이 반응하는 것을 최대한 방해하지 않는 것이 최선의 감상법이다. 인간에게는 공통적으로 존재하는 감각의 통로 같은 것이 있어서 그 반응은 현지인들이 느끼는 것과 크게 다르지 않다. 그러니 그 느낌을 솔직하게 따라가면 된다. 단, 음악을 귀로만 듣지 말고 몸으로 들을 것. 혹, 거리에서 신나는 음악이 들려온다면 엉덩이를 맘껏 흔들어도 좋다. 그곳에선 즉각적으로 음악에 반응하는 몸짓을 일체감의 표현으로 받아들인다. 당신이 추는 막춤도 과감할수록 족보 있는 춤 대접을 받을 것이 분명하다.

아프리카에선 사람이 모이는 곳이면 어디선가 음악이 들려오기 마련이다. 신나게 춤을 추면서 노래를 부르며 거리를 휩쓸고 가는 행렬을 따라가 사진을 찍다보니 사람들이 들고 있는 피켓에 "우리에게 깨끗한 물과 전기와 일을 달라"라고 적혀 있다. 아프리카에선 시위도 그런 식이다. 사정을 모르는 사람이 그 행렬에 어울려 같이 춤을 추었다고 해서 뭐랄 사람은 없다. 리듬에 충실하면 그뿐이다. 내용은 알면 좋지만 몰라도 그만이다. 요즘 한국 아이돌 스타들의 노래나 아프리카의 음악이나 의미가 해독되지 않기는 매한가지다.

짐바브웨 하라레의 보로우데일 쇼핑센터와 남아공 케이프타운의 롱스트리트에 가끔씩 들르곤 하는 레코드숍들이 있다. 그 집을 찾는 이유는 비교적 많은 음반이 구비되어 있으며 음악을 미리 들어볼 수 있기 때문이다. 게다가 주인장의 친절한 설명까지 보태어지니 알아듣건 그렇지 않건 일단 신뢰할 만하다 하겠다. 그 두 집에서 구입한 CD가 적지 않지만, 그 집에서 듣고 수첩에 옮겨적었던 곡들의 수에 비하면 그리 많은 편도 아니다. 갑자기 시간이 비거나 사람들을 만나야 할 일이 있을 때는 아예 그 집을 약속 장소로 잡는다. 그러면 만나기로 한 사람이 한 시간이나 늦게 도착해도 웃으며 악수를 할 수 있다.

'맨발의 디바' 세자리아 에보라와 '아프리카의 하얀 카리스마' 살리프 케이타가 함께 부른 〈요모레〉란 곡을 그 집에서 처음 들었다. 남의 나라의 업장에서 소파에 몸을 묻은 채 한 손에 주인장이 타준 냉커피를 들고 음악을 감상하고, 심지어 약속 장소로 이용하는 특혜를 누릴 수 있었던 건 볼펜이나 열쇠고리 같은 자질구레한 물건들을 쥐여주며 쌓아둔 친분 덕분이었다. 주인장은 유튜브를 통해 제공되는 뮤직비디오까지 연결해준다. 요모레. 무슨 말이냐고 묻자 주인장이 어깨를 으쓱해 보이며 고개를 흔든다. 황량해 보이는 해변에 선 채로 미동도 없이 노래를 부르는 살리프 케이타 앞에 장미 꽃다발 하나가 버려져 있다. 간혹 바람에 꽃잎이 날리기도 하는 영상이 말할 수 없이 애달픈 정조를 자아낸다. 그러나 그 영상보다도 더 애처롭고 애틋하게 와 닿는 것은 세자리아 에보라와 살리프 케이타의 목소리다.

세자리아 에보라를 설명하자면 그의 고향인 카보베르데를 먼저 얘기하지 않을 수 없다. 아프리카 대륙의 최서단인 세네갈 해안으로부터 6백 킬로미터 정도 떨어져 있는 대서양의 외딴 섬나라가 카보베르데이다. 아홉 개의 화산섬으로 이루어진 이곳은 15세기 이전만 하더라도 사람이 살지 않는 무인도였다. 거리상으로는 아프리카 대륙과 가깝지만, 이곳 최초의 주민들은 아프리카가 아닌 포르투갈 사람들이었다. 15세기 초 엔리케 왕자의 지휘아래 시작되었던 대항해시대에 포르투갈 사람들은 이 섬에 처음 닻을 내렸다. 그들이 아무짝에도 쓸모없는 이 섬에 들어온 것은 이곳이 아프리카 대륙과 아메리카 대륙을 잇는 지역적 요충지였기 때문이다. 포르투갈인들은 아프리카 노예들을 이곳에 정주시켰으며, 이후로 이곳은 대서양 횡단 노예무역의 중심지로 번영을 구가하게 되었다.

1975년 포르투갈로부터 독립을 하게 되었으나, 지독한 가뭄으로 '녹색의 곶'이라 불리던 아름다운 섬은 점차 황폐해지고 19세기 중반 이후에는 노예무역의 급격한 쇠퇴와 더불어 쇠락의 길로 빠져들었다. 세자리아 에보라가 태어날 무렵 카보베르데는 이미 떠나지 못한 자들만 남아 떠나는 꿈을 꾸는 황량한 섬나라가 되어 있었다. 이곳에서의 그녀의 성장기는 에디트 피아프의 그것처럼 고난으로 점철된 것이었다. 열 살이 되던 해에 바이올린 연주자였던 아버지가 죽고 열두 살에 처음 결혼을 했으며, 열일곱부터 카페를 전전하며 노래를 불렀다. 세 번의 결혼은 모두 실패로 끝났다. 그리고 그녀는 자신의 노래에 "만일 내가 젊은 사람도 죽을 수 있다는 것을 알았더라면, 결코 누구도 사랑하지 않았을 거예요"라는 가사를 담는다. 노래를 하지 않을 때 그녀의 손에는 항상 독주가 담긴 잔과 담배가 들려 있었다.

이 작고 황량한 섬나라가 그래도 아름다운 것은 '모르나'가 있기 때문이다. 모르나는 포르투갈의 파두와 서아프리카의 음악 등이 섞이고 어우러지면서 발전해온 일종의 혼종 음악으로 애잔한 곡조와 노랫말이 특색을 이룬다. 고향을 등지고 온 이주민들의 그리움과 경유지에 남겨진 이들의 슬픔 같은 카보베르데 사람들의 운명적 정조가 깊게 스며 있는 선율은 듣는 이의 가슴을 사무치게 파고든다. 마흔다섯에 이르러 에보라가 '모르나의 여왕'이라는 칭호를 들으며 일약 월드뮤직의 정상에 등극했을 때도 그녀는 여전히 맨발이었다. 물이 흐르는 듯 애잔한 선율과 짙고 블루지한 목소리, 이별과 아픔의 노랫말은 자신이 겪어온 삶의 곡절들과 비애에 대해 많은 이야기들을 들려준다.

살리프 케이타 또한 세자리아 에보라만큼이나 곡절 많은 삶을 산 사람이다. 무엇보다 출생부터가 참 뭐라 말하기 힘들 정도로 드라마틱하다. 그는 13세기에 말리 왕조를 세운 순자타 케이타의 직계 후손으로 태어났다. 왕가의 후손인 셈이다. 그러나 불행히도 알비니즘이라 불리는 선청성 색소결핍증을 안고 태어났다. 피부는 핏기가 돌지 않는 흰색이었고 몸에 붙어 있는 털은 엷은 노란색을 띠었다. 대부분 알비노가 그렇듯 시력 또한 매우 좋지 않았다. 그것도 왕가의 후손으로, 그것도 아프리카에서.

아프리카에서 알비노로 태어난다는 것은 천형이다. 집안뿐 아니라 마을 전체가 불길한 징조로 여기며 악령이 깃든 저주받은 영혼으로 내몰았기 때문이다. 마을 사람들에 의한 죽임의 공포로부터 그의 모친은 그를 숨겨 키워야만 했다. 그런 그가 자라서 음악을 하겠다고 나서자 그의 가문은 더이상 그를 보살피지 않았다. 그곳에서 음악은 최하층민이 하는 천한 짓거리였다. 가문으로부터 버림받은 그는 빈털터리로 거리를 헤매다 나이트클럽을 전전하며 밥벌이를 했다. 아직 십대를 벗어나지 못했던 나이였다. 그가 말리의 가장 큰 호텔의 전속 밴드였던 '레일밴드'의 보컬을 맡게 되었던 건 타고난 음악적 재능과 신의 유일한 선물이었던 목소리 덕분이었다.

레일밴드는 후에 나름의 명성도 얻고 앨범도 발표했지만, 대부분 서양에서 온 관광객들을 위해 연주를 하며 지내야 했다. 먹고 사는 게 삶의 목적일 수 없는 아티스트에게는 굴욕적인 일이다. 세자리아 에보라가 포르투갈을 거쳐 프랑스로 갔던 것처럼, 그는 미국을 거쳐 프랑스로 갔다. 때마침 프랑스를 풍미하던 아프리카 문화와 월드뮤직의 바람을 타고, 마침내 그는 '아프리카 황금의 목소리'라 불리며 국제적 명성을 얻었다. 세자리아 에보라는 마흔다섯에 살리프 케이타는 마흔에 이르러 맛본 영광이었다. 인생의 절반을 넘게 차지하고 있던 거대한 사막을 건너 도달한 오아시스였던 셈이다. 그는 현재 음악을 통해 알비노의 권익을 위해 헌신하는 삶을 살고 있다.

# 치무렝가의 전설들

◆

　　　　　　　　　　하라레를 벗어나 외곽으로 차를
달릴 땐 으레 토마스 마푸모나 올리버 음투쿠지의 카세트테이프
를 걸어놓는다. 자동차의 오디오 시스템이라고 해봐야 대부분 주
파수가 잘 맞지 않아 직직거리거나 두 가지 방송이 섞여 들리기
일쑤인 라디오와 낡은 카세트가 전부다. CD는 고급 자동차에나
장착돼 있을 터, 달리는 보통 자동차에서 CD의 좋은 음질을 감
상한다는 건 대부분의 현지인들에겐 언감생심이다. 차로 이동할
때마다 하루에도 몇 번씩 반복되는 일이어서 나와 늘 붙어다니는
조수석의 달링턴 치타테는 부탁하지 않아도 알아서 카세트 입속
에 테이프를 밀어넣고 고개를 돌려 씨익 웃곤 한다. 엄지손가락
을 추켜올려 답하면 살짝 볼륨까지 높여주는 사려 깊은 친구다.
　토마스 마푸모와 올리버 음투쿠지의 이름도 나와 달링턴만큼
이나 붙어다니는 경우가 잦다. 둘 사이에는 많은 공통점이 있는
데, 투쿠(올리버 음투쿠지의 예명)가 마푸모가 이끌던 밴드 '왜건 휠스'
와 더불어 첫 공연을 펼쳤으며, '치무렝가'라고 하는 정치색이 강
한 이 나라의 음악으로 월드뮤직의 한 페이지를 장식한 장본인들

이란 점, 그리고 둘 다 국민적 영웅으로 추앙받을 만큼 세계적인 뮤지션이 되었다는 점에서 그렇다. 이들의 음악, 특히 마푸모의 음악에는 엄지 피아노라 불리는 음비라 연주가 빈번하게 곁들여지는데, 이 음비라는 조상신의 강림을 기원하는 종교의식에 사용되었던 전통악기로 동굴에서 떨어지는 물방울 소리처럼 청량감을 주지만, 반복적인 리듬이 다소 몽환적이며 주술적으로 들리기도 한다.

아프리카의 문화적 정체성과 민족성에 대한 상징적 존재로서 마푸모와 투쿠가 활동을 시작하던 식민지배 시절에는 음비라를 사용하는 것 자체가 상당히 저항적으로 받아들여졌다. 어쨌든 마림바와 음비라의 맑고 투명한 음률과 어우러진 깊고 허스키하며 소울풀한 음색은 오직 이 나라에서만 맛볼 수 있는 독특한 정조를 자아내는데, 이후 난 이들의 음악 없이는 이 나라의 풍경을 떠올릴 수 없는 지경에 이르게 되었다. 말하자면 두 뮤지션의 음악은 내게 있어 짐바브웨와 관련한 모든 기억들의 배경음악인 셈이다.

마푸모와 음투쿠지의 카세트테이프는 시장 좌판에서라면 푼돈으로도 얼마든지 골라낼 수 있지만, 제작상 고도의 기술이 요구되는 공산품들이 다 그렇듯 아프리카에선 CD 값 또한 만만치 않다. 자국 뮤지션을 국제적 스타로 키워낼 만한 인프라가 갖춰져 있지 않고 음반 시장도 성숙되어 있지 않아서이며, 남아공 같은 나라에서 녹음된 것을 수입해오는 경우도 많기 때문이다.

보로우데일의 레코드숍과 벼룩시장 같은 곳을 오가며 사 모은 CD들은 게스트하우스에나 가야 들어볼 수가 있다. 자주 들르곤 하는 아본데일 지역의 게스트하우스 '스몰 월드(원 이름은 It's a Small World)'의 셀프 카페테리아에는 나름 구색을 갖춘 오디오 시스템이 있어서 투숙객들이 제 구미에 맞는 음반을 걸어놓고 푹 꺼진 소파에 몸을 묻은 채 음악을 감상할 수가 있다. 저녁 늦은 시간에는 게스트하우스의 스태프들과 대부분 배낭족인 투숙객들이 삼삼오오 모여 맥주병을 부딪쳐가며 어깨를 들썩이거나, 분위기가 조금 더 무르익으면 자리에서 일어나 취기에 몸을 맡긴 채 흐느적거리기도 한다. 누군가를 축하할 일이 있거나 통 큰 사람이 지갑을 활짝 열면 자리는 이내 왁자해지고 음악은 좀더 비트가 강해지게 마련이다. 매캐한 담배 연기가 안개처럼 깔릴 때쯤 카페테리아는 이미 클럽이 되어버린다. 여기저기 쓰러진 맥주병들이 나뒹굴고 바닥은 쏟은 맥주로 흥건하며 재떨이는 볼썽사납게 엎어진다. 이쯤 되면 앉아 있는 사람보다 일어나 엉덩이를 실룩거리며 접신중인 사람들이 많아지게 마련이다.

이 무아지경의 의식이 절정으로 치닫고 있을 때, 춤은 안되고 그렇다고 마냥 앉아 맥주만 축내는 것도 멋쩍고 해서 슬그머니 일어나 음악을 투쿠의 곡으로 바꾼 적이 있다. 은근히 환호성을 기대했던 게 사실이다. 그러나 반응은 싸늘하다 못해 위협적이기까지 했다. 한참 강림중인 신을 내쫓고 말았던 것이다. 세상 어디에서건 취기에서 오는 일탈의 욕구는 늘 새롭고 자극적인 것에 목말라한다는 명백한 사실을 잠시 놓쳤던 거다. 말하자면 싸이 공연의 클라이맥스에 조용필을 등장시킨 셈인데, 하긴 투쿠가 나한테나 신선하지 30년 넘게 활동해오면서 쉰 장에 가까운 앨범을 발표한 그가 그들에겐 고전이나 다름없을 터였다. 이 일로 그 게스트하우스를 체크아웃할 때까지 투숙객들의 눈치를 살펴야만 했다.

그래도 나는 여전히 투쿠의 음악이 좋다. 마푸모보다는 투쿠의 음악이 조금 더 와 닿는 편이다. 음악을 시작했던 1970년대 후반 식민체제하에서부터 환갑이 머지않은 지금까지 자신의 음악세계를 일관성 있게 탐구하고 있는, 살아 있는 짐바브웨의 영혼 투쿠를 나는 사랑한다. 잠깐, '짐바브웨의 영혼'이라는 수사는 일방적인 내 애정의 표현이 아니라, 세계의 음악계가 그의 업적을 기려 붙인 영예로운 칭호임을 밝혀둔다. 2003년에 제3세계의 인권과 외채 탕감을 위해 비영어권 13개국의 월드뮤직 스타들이 모여 '빚을 내던져라!(Drop the Dept)'라는 음반을 낸 일이 있다. 열일곱 개의 트랙으로 구성된 이 앨범에서 내가 알고 있는 이름은 짐바브웨의 올리버 음투쿠지와 '맨발의 디바' 세자리아 에보라, 그리고 한국의 양병집과 한대수이다. 한국의 아티스트가 두 트랙을 차지하고 있는 게 반갑기도 했지만, 그보다 더 기뻤던 건 앨범에서 투쿠와 세자리아 에보라의 이름을 발견해낸 것이다. 2008년 기대했던 세자리아 에보라의 내한공연은 건강상의 이유로 취소되었고, 지난해 연말에 그녀가 사망함으로써 이제 그녀의 음성은 음반을 통해 들을 수밖에 없다. 그러나 최근 제3세계 뮤지션들에 대한 관심을 감안하면, 머지않아 올리버 음투쿠지를 공연을 한국에서 접할 수 있으리라는 기대가 허황된 것만은 아닐 것이다.

# 신비와 공포의 세계에서 보낸 한 철

🌢

　　　　　　　　　　　카메라 메모리 카드에 들어와 박
힌 수백 장의 사진들을 정리하다 한 장의 사진에 눈이 멎는다. 기
억을 더듬어보니 하라레 인근 한 조각가의 집을 방문했을 때인
것 같다. '마샤야 브라더스' 중 한 명이었던 것 같기도 하고 '얀홍
고 패밀리' 중 한 명이었던 것 같기도 하다. 아마도 워크숍에 있
는 작품 외에 집에 따로 보관하고 있는 작품들이 있다고 해서 찾
아갔을 것이다. 작가와 그의 집 정원에서 이야기를 나누고 있는
데, 그의 딸아이가 사뭇 불안한 눈길로 나를 주시한다. 아니, 나
를 주시하고 있는 게 아니라 혹 무슨 일이 생기지나 않을까 싶어
아버지의 일거수일투족을 살피고 있는 중이다. 불현듯 집에 들이
닥친 외계인 같은 노란 얼굴의 남자로 인해 집안에 불행이 닥칠
지도 모른다는 불안감이 깊게 배어 있는 눈이었다.

　낯섦으로 가득한 공간이나 대상은 두려움을 동반한다. 본의는
아니었지만, 나는 그와 비슷한 종류의 두려움들을 유발시켜 아프
리카의 많은 아이들을 울렸다. 낯섦으로 가득한 세계가 마냥 새
로울 것이라는 기대와 호기심, 이를테면 낯선 세계에 대한 동경

은 그 세계가 낯설기는 하지만 안전하다는 전제를 갖고 있을 때
의 일이다. 저 아이의 눈은 낯선 세계에 대한 아무런 정보도 가지
고 있지 않은, 그야말로 '벌거벗은 눈'이다. 미숙한 존재에게 세계
는 저토록 불안한 것이다.

우주선이 달을 건드리듯, 신비와 공포에 싸인 미지의 장소에 작은 상
처를 남기고 돌아오듯, 우리는 그렇게 무모한 여행을 떠난다. 두려움
에 몸을 움츠리고 우주처럼 넓은 공간으로 무모한 여행을 떠난다. 너
의 몸뚱이에 흔적을 남기고 싶은 거다. 사랑하는 나의 우주에 내 손
자국을 남겨 그렇게 하나가 되고 싶은 거다.

이 매혹적인 문장은 존 업다이크의 것이다. '신비와 공포에 싸
인 미지의 장소', 내겐 아프리카가 그랬다. 아프리카에서 나는 여
리고 미숙한 존재였던 것이다. 처음 그곳에 발을 디뎠을 때, 내
머릿속에 박혀 있던 아프리카에 대한 정보들이 쓸모없는 것들임
을 깨달았다. '전혀 아는 바 없음'은 머릿속을 비워야 하는 수고를
감내하지 않아도 되므로 '잘못 알고 있음'보다 차라리 나은 것이
었다. 머릿속에 박힌 정보의 오류는 딜리트 키 하나로 간단히 해
결되지 않아서, 나는 먼 길을 돌아갈 수밖에 없었다.

아프리카의 첫날밤은 한여름이었음에도 생각보다 서늘했고,
사람들은 생각보다 친절했지만 생각보다 셈에 밝았으며, 충분히

감안했음에도 생각보다 더 느리고 약속을 지키지 않았으며, 일은 생각대로 되지 않았다. 그리고 이 모든 것들도 다 지역과 상황에 따라 달랐다. 한마디로 되는 것도 없고 안 되는 것도 없는 곳이었다. 시간이 지나면서 흩어진 구슬들을 꿰어 맞추듯 힘겹게나마 일을 진행할 수 있었던 건, 달을 건드리고 싶은 우주선의 열망처럼, 아프리카에 흔적을 남기고 싶었던 욕망이 내 안에 드글드글했기 때문이다.

처음엔 모든 게 무모하다 싶었다. 밤마다 몸은 곤죽이 되었고 마음은 만신창이가 되어갔으며, 이러다 일도 인생도 엉망이 되겠구나 싶은 두려움이 아프게 파고들기 시작했다. 제멋대로 뒤섞인 욕망과 두려움은 와인과 막걸리의 칵테일처럼 시큼털털했고 역한 냄새를 풍기며 무겁게 머리를 짓눌렀다. 기댈 곳도 오갈 곳도 없는, 말 그대로 죽을 맛이었던 객지에서의 밤들이 이런 생각들로 채워졌다. 어느 날 갑자기 내가 모든 환경과 조건이 다르고 소통마저 불가능한 어떤 세계에 불시착한 것이라면, 가령 내가 있는 이곳이 태평양 한복판의 무인도라면, 동물들만 우글거리는 아마존 깊은 어느 곳이거나 사하라 사막의 학교 운동장만한 오아시스라면, 가도 가도 눈에 덮인 벌판밖에는 보이는 게 없는 툰드라라면, 거기서 굶어죽거나 얼어죽지 않고, 뱀에 물리거나 맹수에게 잡혀먹히지도 않고 몇 해를 보낸다면 나의 마음속에는 과연 어떤 것들이 남아 있을까.

1997년 7월 4일, 미국 독립기념일에 맞춰 화성에 안착했던 무인탐사선 패스파인더를 우리는 기억한다. 패스파인더에 탑재되었던 소저녀는 화성의 붉은 표면을 분주하게 오가며 생생한 화성의 이미지들을 지구로 전송해주었고 세계는 그 기적 같은 사건에 박수를 보냈지만, 여섯 개의 바퀴로 뒤뚱거리며 화성의 표면을 기어다니던 소저녀의 모습이 내게는 한없이 안쓰럽게만 보였다. 사람들은 지구 밖 행성의 흙을 밟은 최초의 로봇이라 했지만, 내게는 인간들이 홀로 외계에 떨어뜨린 말 못하는 작은 짐승처럼 여겨졌더랬다.

이후로 소저녀가 느꼈을 공포와 외로움이 자꾸 마음에 걸렸다. 두 달에 걸쳐 임무를 충실히 수행했고 결국 마지막 데이터를 지구로 전송하고 소저녀는 운명했다. 소저녀가 지구로 보낸 마지막 통신은 "삑—" 하는 짧은 신호음이었다. 그리고 소저녀의 존재는 사람들에게 재빠르게 잊혀져갔다. 추측건대 지금쯤 영하 50도를 웃도는 거친 땅 위에 돌멩이처럼 덩그러니 놓여 있을 것이다. 차라리 소저녀가 썩는 고강도 플라스틱으로 만들어졌더라면…… 그러나 불행히도 소저녀는 영구적으로 썩지 않는 티타늄이나 리퀴드메탈 같은 특수합금으로 만들어졌을 것이다. 만약 소저녀가 감정을 느끼고 저장할 수 있는 로봇이었다면, 그의 심장에 내장되어 있는 디스크를 꺼내 저장된 감정들을 분석해본다면 과연 어떨까.

영화 〈개 같은 내 인생〉에서 열두 살의 소년 잉마르는 스푸트 니크 2호에 실려 우주로 날아갔던 러시아의 떠돌이 개 라이카를 자주 떠올린다. 가장 먼저 우주를 보았다는 유리 가가린보다 4년 이나 먼저 우주로 날아갔던 최초의 지구 생명체 라이카는 지금 어디에 있을까. 소년은 세계에 덜렁 남겨진 듯한 외로움과 새로 운 세계에 대한 두려움을 우주 속을 유영하고 있을 라이카를 통 해 드러낸다. 라이카는 스푸트니크 2호와 더불어 대기권 밖에서 폭발했으리라는 것이 일반적인 견해지만, 라이카가 소저녀처럼 두 달 동안 깜깜한 우주를 유영했더라면 그의 눈동자에 박힌 감 정의 빛깔은 어떤 것이었을까.

그리고 한동안 내 유년의 밤을 지배했던 이불 홑청의 올챙이 무늬들에 대한 공포가 떠올랐다. 이불을 뒤집어쓰고 눈을 감으면 내 앞에 끝없이 펼쳐지는 올챙이 무늬의 별들, 그 징그러운 우주 속으로 끝없이 빨려들어가는 영상은 초등학교 저학년 시절까지 나를 괴롭혔다. 몇 번이나 눈을 감았다 떴다 하면서 어렵게 선잠 에 빠져들곤 했지만 러닝셔츠가 흠뻑 젖은 채 가위 눌리기 일쑤 였고, 그런 나를 위해 형은 내가 잠들 때까지 번번이 이야기들을 지어내는 수고를 감수해야만 했다. 그때처럼 나는 편히 잠들 수 없었다. 처음 아프리카에서 보낸 한 철은 깨진 유리창 밖으로 얼 핏 비친 아이의 눈동자처럼 낯섦에 대한 불안과 막막함의 두려움 과 외로움, 그럼에도 '두려움에 몸을 움츠리고 우주처럼 넓은 공간으로 무모한 여행을 떠나, 사랑하는 나의 아프리카에 손자국을 남겨 하나가 되고 싶었던' 열망이 범벅이 된 혼돈의 날들이었다.

나미브 사막에서 가장 매혹적으로 통하는 듄 45.
잘 벼린 칼날 같은 능선을 따라 사구의 정상에 서면
나미브 사막지대가 한눈에 들어온다. 지구상에서
가장 아름다운 일출을 볼 수 있는 곳이기도 하다.
사막이 아름다워 보일 때는 빛이 사선으로 비치는
시간이다. 일출 후와 일몰 전, 이때의 사막은 뭐라
설명하기 힘든 신비를 드러낸다. 그러나 사막의
황홀경은 그 내부에 치명적인 독을 숨기고 있다.
그 매혹의 중심으로 함부로 들어섰다간 벽 없는
미로에 갇히고 만다. 사막의 모래는 늪처럼 발목을
휘감을 것이며, 뜨겁고 건조한 공기는 눈물마저
증발시키고야 만다.

밤의 평원은 사방이 다 별이다. 빛은 지구 위의
사물들을 드러내는 대신 우주를 감춘다. 반대로
지구상의 모든 존재들을 증거했던 빛들이
발광을 멈출 때, 어둠 속에 잠겨 있던 우주가
비로소 제 모습을 보여준다. 동시에 나는 우주적
존재가 된다. 세상이 잠들고 우주가 깨어
있는 시간, 반구형 우주 속에서 홀로 어딘가로
이동하고 있다는 게 경이롭기까지 하다.
자동차 핸들 위로 길게 사선을 그으며
떨어져내리는 별똥별들을 바라볼 때, 마치 내가
외계의 어느 행성을 찾아가는 고독한 우주의
나그네라도 된 기분이다. 전조등에 의지해 암흑의
대지를 지나가는 걸 멀리서 본다면 내가 별똥별로
보일 수도 있겠구나, 그런 생각도 드는 것이다.
이른 새벽 미명하에 드러나는 대지. 풍경은
내 시력이 가닿을 수 있는 가장 먼 곳들을
보여주며 머릿속에 들끓던 잡념들을 무장
해제시킨다. 그것이 무엇이든 단 하나의 생각에
집중하라고 이 막막한 원경은 나를 압박해온다.
평원은 내게 자유를 가르치면서, 그 속에
도사리고 있는 두려움에 대해서 얘기한다.
두려움을 버리지 못하면 영원히 자유로울 수
없다. 그런데 너의 두려움은 무엇이지?
다짜고짜 그렇게 물어오는 것인데, 참 무례하기
이를 데 없으나 머뭇거릴 틈도 없이 거듭
물어오는 것이다. 뭐냐니까? 나의 두려움은
그러니까 도시에서의 삶을 버티며 키워온
열망들과 시간에 대한 초조함, 소멸과 부재에
대한 공포, 뭐 그런 것들이다. 별 새로울
것도 없는 이런 생각들이 왜 나를 울컥하게
만드는 걸까. 이 막막한 풍경 속에서.

남아공 치치카마 내셔널 파크에서 해안의 거친
바윗길을 따라 수십 길 벼랑에서 떨어진 물이
바로 바다로 흘러든다는 폭포를 찾아가고 있을
때, 인적은 없고 길은 보이지 않았다. 발길을 어느
쪽으로 둬야 할지 몰라 쩔쩔매고 있는 나를 이끈
것은 바위에 노란 페인트로 그려져 있는 들짐승의
발바닥이었다. 처음엔 그것이 뭘 의미하는지
몰랐지만, 곧 그게 길을 가리키는 표식이라는 것을
직감했다. 동물의 발자국을 따라가면 길을 잃지
않는다는 것이다. 여기선 동물이 사람을 인도한다.
사람들의 발길이 닿기 훨씬 이전부터 이 땅을
지켜온 게 동물들이었으니 그게 맞는 것도 같다.
아프리카식 유머란 이런 것이다. 인간과 동물의
입장을 살짝만 바꿔놓으면 웃음이 절로 나온다.

← 짐바브웨의 수도 하라레. 거리엔 거지도
줍지 않는 쓸모없는 지폐들이 나부끼고, 오랜
군부독재로 나라는 만신창이가 되었는데, 철없는
자카란다 꽃잎들은 거리를 온통 보랏빛으로
물들였다. 식물은 국가가 없어 좋겠구나. 토양과
기후같이 온전히 자신들을 위해 존재하는 듬직한
권력들이 있어 좋겠구나.
바람을 타고 자카란다 꽃잎들이 날리면 관청을
지키는 군인들도 총열을 낮추고 오래전의 추억을
더듬고, 머리를 파묻고 있던 걸인들도 잠시
고개를 들고 말없이 행복감에 사로잡힐 것이다.
누구든 이 도시를 사랑하지 않을 수 없을 것만
같은 계절, 거리의 사람들은 꽃잎들을 바라보며
잠시 시름을 내려놓고, 보랏빛 꽃그늘 아래서
나는 황홀한 슬픔 같은 걸 맛보았다.

아이의 손가락과 맞닿았던 ET의 손가락은
가늘고 길다. 손의 일이란 게 대부분 버튼을
누르는 일이었기 때문일 것이다. 굳이 손에 힘을
실을 필요가 없으니, 팔뚝은 마른 장작개비마냥
쇠약하기만 하다. 키보드를 두드리는 일로 많은
시간을 보내는 현대 인류의 진화 모델이다.
쇼나 조각을 유심히 바라보다 알게 된 사실 하나는,
조각작품들이 하나같이 손을 과장하고 있다는
것이다. 아프리카의 미술은 인체 비례의 원칙을
적용하지 않으니, 거기엔 어떤 의도가 숨어 있을
터. 내가 짐작한 바에 의하면, 그것은 손 자체가
가지고 있는 조형적 아름다움을 부각하고 싶은
작가의 욕망이거나, 그들의 삶에서 손이 갖는
기능적 중요성일 것이다. 그들은 자신의 존재를
드러내는 모든 방식을 손을 통해 해결한다.
육체노동을 삶의 밑천으로 삼는 사람들의 손은
잘 관리된 여인의 손보다 아름답다.

→ 아름드리 통나무 하나가 한 척의 배가
되었다. 보통의 목선은 마름질된 목재들을
이어붙여가면서 배의 형태를 완성하는데,
이 배는 통나무를 깎아 배의 형태를 완성했다.
다른 배들이 첨가의 기술, 즉 플러스의 과정을
통해 만들어졌다면, 이 배는 마이너스의 과정을
통해 만들어진 것이다. 이 배를 만드는 데
적용된 기술은 말하자면 '제거의 기술'이다.
조소(彫塑)는 조각과 소조를 말하는데, 재료를
깎아 만드는 조각에는 제거의 기술이 적용되고,
흙을 덧붙여서 만드는 소조에는 첨가의 기술이
적용된다. 마찬가지로 산문은 첨가의 기술이,
시는 제거의 기술이 주로 쓰인다.
버리는 일은 축적하는 것보다 어렵다. 시가
산문보다 어려운 이유다. 딱 필요한 만큼만
남기고 조금의 군더더기도 남기지 않은 저 배가
그래서 '시적'으로 보인다.

"인간의 모든 불행은 단 한 가지, 방에 앉아 고요히
휴식할 줄 모른다는 데서 비롯된다"는 파스칼의 말을
옹호해오다, 케이프타운에 와서 처음으로 반박했다.
낮은 구릉을 따라 걷는 일이 서재에서 차를 마시는
일보다 훨씬 사색적이며, 햇빛과 바람에 나를 맡기는 게
책을 베고 한가롭게 오수를 즐기는 것보다 더 행복했다.
텅 빈 해안은 내게 그림자와 대화하는 법을 일깨웠고,
테이블마운틴은 자발적으로 선택했던 것들의 소중함을
가르쳤다. 그러니 이곳에선 게으름에 대해 찬양하지 말
것이며, 휴식을 미덕으로 여기지도 마라.

길은 하염없다.
모든 길은 마을에 닿지만, 마을에 이르고 싶은 건
사람이지 길이 아니다.
그러니 길은 오직 길로써 존재할 뿐이다.
정처 없이 길을 갈 때, 나는 길이 된다.

집을 벗어나면 늘 호기심 많은 눈 때문에
애꿎은 발이 고생한다. 대중교통이 용이하지
않은 동네일수록 발의 노고는 혹독해지며, 발이
고생할수록 눈은 호사를 누리기 마련이다.
여행지에서 발은 노예가 되고 눈은 귀족이 된다.
탐욕에 가까운 눈의 호기심이 채워져갈수록 발이
만신창이가 되어가는 이 난감한 반비례를 해소하는
방법은 결국 눈을 타이르든가, 발을 위로하는
방법밖에 없다.

바분 무리들은 통행세라도 내기 전에는 길을
열어주지 않겠다는 태세다. 뒤를 힐끔 돌아보며
느긋하게 차의 진행 방향으로 걸어가는 모습이
여간 건방져 보이는 게 아니다. 좀더 바싹 다가서면
그제야 겨우 차가 지나갈 만큼 길을 터주는데,
주인이라도 되는 양 거들먹거리는 놈들의 텃세가
이만저만이 아니다. 태곳적부터 이 땅을 묵묵히
지켜온 저들이야말로 이 땅의 진정한 주인일 수도
있겠다. 그렇게 보자면 아프리카에서 인간과
동물의 모든 갈등은 오직 하나의 이유, 주인에 대한
무례함에서부터 시작된다.

'산을 넘는다'는 뜻의 오버베르그 지방에
들어서면 무엇보다 먼저 눈에 들어오는 것이
마치 푸른색으로 칠해놓은 사막처럼 끝없이
출렁이며 펼쳐져 있는 낮은 구릉들이다. 대부분
양과 소를 방목하고 있는 목초지와 밭작물
경작지로 이루어진 이 구릉들은 주종을 이루고
있는 식물군에 따라 각기 색깔을 달리하는데,
양손 엄지와 검지를 이용해 액자를 만들어
눈앞에 대고 보면 어느 각도에서건 훌륭한
추상회화 작품이 그 안에 담긴다.
오버베르그의 낮은 구릉들을 지나는 동안 나는
신의 양탄자 위를 걷는 행복한 나그네가 된다.
크기를 떠나서, 인간의 솜씨로 만든 것들 가운데
이보다 아름답고 부드러운 카펫을 이제껏 나는
본 일이 없다.

# (始原)
# 시원으로의 여행

웨야 아트 커뮤니티 소속의 작가들

## 되는 것도 없고 안 되는 것도 없다

◖

아프리카에 들어설 때마다 늘 문
제가 되는 게 사람을 만나는 일이다. 방문 경험이 늘어나면서 자
주 머물게 되는 도시들은 뒷골목까지 훤히 꿰고 있지만, 누군가
를 찾아가서 만나는 일은 경험의 많고 적음과도 무관하다.

먼저 타운을 벗어나면 지도를 구하는 일이 쉽지 않다. 그리고
어렵게 지도를 구하거나 누군가 그려준 약도를 보고 찾아가더라
도 길만 휑하니 있을 뿐, 이정표 찾기가 쉽지 않다. 도시 밖으로
나서면 문자로 된 이정표는 사라지고 커다란 나무나 바위, 다리,
우물 같은 자연물이나 인공구조물 들이 그 역할을 수행하는 경우
가 다반사다. 이따금 길가에 과일 열댓 개 정도를 올려놓고 좌판
을 벌이는 여인네들이 있다면 물론 길 찾는 게 한결 수월해지기
는 하지만……

결국 아프리카에선 물어물어 길을 찾는 게 상책인데, 거기에도
함정이 하나 있다. 길을 물어보면 누구나 자신 있게 알려주지만
대개 그 정보가 정확하지 않다는 것이다. 평생 급하게 살아본 적
이 없어서, 아니면 돌아간다는 마인드로 무장한 사람들이라 너무

쉽게 대답해버리는 경향이 다분하기 때문이다.

우리가 시간에 대한 조급증을 앓고 있으며 스트레스에 매우 취약한 인종이란 걸 그들이 알 리 없다. 길을 일러준 사람의 말을 철석같이 믿고 한 식경을 걸어 찾아갔다가 그 길을 다시 되돌아와야 할 경우, 우리가 헤어나기 힘든 절망감에 빠져버린다는 것까지 그들이 헤아릴 리 없다. 먼 곳까지 찾아온 얼굴색이 노란 인종에게 환영의 뜻과 함께 친절을 베풀고 싶은 마음이야 충분히 이해하고도 남으니 잘 모르면 그냥 방긋 웃어주기만 해도 좋으련만…… 하는 마음을 우리가 또 어떻게 설명하겠는가. 그러니 그냥 문화의 차이려니 여기고 두 사람 이상이 같은 곳을 가리킬 때 발을 옮기면 큰 무리가 없다.

그러나 정말 난감한 것은 그렇게 어렵게 찾아간 곳에 정작 만나야 할 사람이 부재중인 경우다. 곧 돌아온다고는 해도 그 '곧'이라는 걸 우리의 시간 개념으로 받아들였다간 낭패를 보기 일쑤다. 그들에게는 반나절도 곧이다. 자, 그러니 어떻게 할 것인가. 답은 명확하다. 쉽지는 않겠지만, 먼저 시계를 풀고 그들의 시간관을 받아들이면 된다. 그늘 좋은 곳에서 한숨 자다보면 천연덕스럽게 미소를 지으며 어깨를 두드리는 사람이 있을 것이다. 아프리카에서 길을 찾을 때는 두 가지만 마음에 담고 있으면 된다. 하쿠나마타타와 뽈레뽈레! 무슨 일이든 염려 붙들어매고 놀멘놀멘 하면 된다는 말씀이다.

남부 아프리카를 헤매고 돌아다닐 때, 불현듯 내 기억 속을 희미하게 떠돌던 '웨야 아트'의 실체를 확인하고픈 욕망에 사로잡혔다. 요하네스버그 공항 카페테리아에서 무료하게 시간을 때우다 만난 백인 영감으로부터 들었던 이야기가 정보의 전부였으나, 그나마도 군데군데가 정확히 해독되지 않아 무슨 고대의 전설처럼 가물가물 들리는 그런 이야기였다.

먼저 짐바브웨에 있는 조각가 친구 달링턴 치타테에게 전화를 넣었다. "모잠비크 국경 가까운 어딘가에 웨야라고 하는 마을이 있다는데 나랑 거기 좀 다녀올 일이 있어. 차 한 대 수배해서 공항에서 기다리고. 참, 차는 근사한 걸루……" 어디에서건 궁하면 통하기 마련이다. 특히 아프리카에선. 그리하여 나는 조수석 유리창을 비닐로 붙인 폐차 직전의 차로 물어물어 웨야라고 하는 작은 시골 마을에 발을 들여놓을 수 있었다.

웨야는 짐바브웨의 수도 하라레에서 동쪽으로 두 시간을 달리다 도로가 끝나는 지점에서 다시 비포장길로 두 시간을 더 들어가야 하는 오지였다. 지도에도 나와 있지 않은 그 작은 시골 마을을 큰 고생 없이 찾아간 것은 매우 다행스러운 일이었다. 뭐, 불미스러운 일이 전혀 없었던 건 아니지만. 아프리카를 돌아다니다 보면 별의별 일들을 다 겪게 마련이다. 아프리카 여행의 노하우란 결국 예상하지 못했던 일에 대처하는 능력이다.

도시와 도시를 연결하는 도로가 아니면 아프리카의 시골길은 당연히 비포장이다. 그런 길을 한두 번 겪어본 게 아니라 웬만한 비포장 길은 낮잠을 즐기는 데 전혀 방해가 안 되었지만, 웨야로 가는 길은 결코 웬만하지가 않았다. 하지만 멀쩡한 몸으로 무사히 일을 마칠 수 있다면 비포장이면 어떻고 진흙 길이면 어떤가. 이번 여정이 쉽지 않으리란 건 이미 출발할 때부터 예상했던 바였다.

심하게 요동치는 비포장 길을 한 시간 이상 달렸을 무렵, 결국 문제가 하나 발생하고야 말았으니, 불길한 예감이 적중하기 마련인 건 아프리카에서도 예외가 아니었다. 차바퀴에 바람이 빠져버려 오도 가도 못하는 사태가 벌어지고 만 것이었다. 스페어타이어도 없는 상황에서 펑크가 아닌 게 그나마 다행이긴 했지만, 이 산골에서 타이어의 공기압을 어떻게 채운단 말인가. 카센터는 고사하고 차가 한 대 지나가기만 해도 구경거리가 되는 상황이고 보니 암담하기 그지없는 노릇이었다. 이대로 해가 저물고 방도를 찾아내지 못하면 사나흘 발이 묶일지도 모르는 일이다. 제대로 된 숙소가 있을 리 만무한 이 산중에서 말이다.

운전을 하던 친구는 차를 사람들이 있는 곳까지 옮기려면 일단 차의 무게를 최대한 줄여야만 한다고 했는데, 그 말은 곧 내가 뙤약볕 아래서 짐을 짊어지고 고난의 행군을 해야 한다는 말의 완곡한 표현에 다름 아니었다. 난감한 표정으로 짐을 챙겨 차를 나서는 내게 친구는 배시시 웃으며 한마디 덧붙인다.

"디스 이즈 아프리카!"

씩씩거리며 사오십 분을 걸어 집 몇 채가 옹기종기 모여 있는 곳에 들어서자 청년 몇이 키득거리며 다가온다. 한 청년이 친구와 쇼나 부족의 언어로 몇 마디 주고받더니 집으로 달려가는데, 뭐가 그리 즐거운지 남아 있던 청년들은 연신 낄낄거리며 농담을 주고받는다. 그러잖아도 죽을 맛인데 이놈들이 아주 날 가지고 노는군, 망할…… 이러지도 저러지도 못하고 있는 꼬락서니가 내 생각에도 한심스러워보였다.

십여 분쯤 지났을까, 집으로 달려갔던 청년이 손에 뭔가를 들고 달려온다. 유심히 보니 손에 들려 있는 물건은 다름 아닌 자전거펌프였다. 기가 막힐 노릇이었다. 손사래를 치며 장난할 기분이 아니라고 얼굴을 붉히자 청년들이 연실 키득거리며 되받는다.

"헤이 브라더, 돈 워리. 하쿠나마타타!"

그때 난 정말 처음 알았다. 자전거펌프로도 차바퀴에 공기를 채울 수 있다는 걸. 따지고 보면 어떻게든 공기만 채우면 되는 일이거늘, 나는 왜 그 단순한 사실을 깨닫지 못하고 카센터에서 보아온 고압 컴프레서만 머릿속에 떠올리고 있었을까. 둘 더하기 셋이 다섯이라는 간단한 산수를 미적분으로 풀려는 것과 다름없는 노릇이었다. 기계에 익숙한 사람일수록 기계가 없으면 옴짝달싹할 수 없는 바보가 되고 만다는 사실을 몸소 체험하고 나서야 깨닫다니, 순간 부끄러움이 뒤통수를 후려갈기고 달아났다.

청년들에게 콜라 한 병씩을 돌리고 떠날 때쯤, 왜 내 가슴 한구석에 아프리카가 박혀 있는지, 아무 연고도 없는 그곳이 왜 자꾸만 나를 자신의 품속으로 끌어들이는지 어렴풋이 느낄 수 있었다. 다음엔 또 어떤 일로 내게 유쾌한 감동을 던져줄 것인가. 설마 호스에 입을 대고 불어서 자동차 바퀴에 바람을 넣지는 않겠지. 푸하하.

## 주경야작 반농반예(晝耕夜作 半農半藝)

◆

                 웨야 마을로 들어가는 비포장 길
은 고난도 오프로드를 방불케 했다. 군데군데 길이 파이고 돌의
거친 골격들이 그대로 드러나 있어 상당히 기술적인 드라이빙이
요구된다. 차 바닥이 돌에 걸려 바퀴가 떠버리기라도 하는 경우
엔 차바퀴에 공기압을 채웠던 마을로 돌아가 곡괭이나 삽을 빌려
오든가 그 청년들을 모두 데리고 와야만 한다. 그렇게 해서라도
차가 움직일 수만 있다면 그나마 다행스러운 일이다. 만약 부속
품 하나라도 깨져 고장을 일으킨다면 제아무리 자전거펌프 마술
을 보여줬던 청년들도 힘이 되지 못한다. 막대한 비용을 치르기
전에는 이 깊은 산골까지 수리 차량이 곱게 들어와줄 리 만무하
다. 마을에 도착할 때까지 차가 심하게 요동치고 긴장을 놓을 수
없었던 탓에 목덜미가 뻣뻣해지고 삭신이 저려왔다.

    흙먼지가 풀풀 날리는 긴 비포장길을 거쳐 도착한 마을은 외관
상 여타의 시골 마을들과 별반 달라 보이지 않았다. 이따금씩 수
풀 사이로 바람이 지나가는 것 말고 움직임이라고는 찾아볼 수
없을 정도로 마을은 적막하기만 했다. 시간이 멎어버린 듯 인적

조차 없는 마을을 배회하다 나무 그늘 아래에서 개와 놀고 있는 아이를 만났다. 시골에서 만나는 여느 아이들처럼 땟국에 전 얼굴에 크고 맑은 눈을 가진 아이였다.

아이에게 물어보니 어른들은 인근 농장에서 일하고 있단다. 아이는 기어들어가는 목소리로 대답을 하더니 이내 어른들을 불러오겠다며 재바르게 뛰어가고 그 뒤를 개가 쫓아갔다. 동양인이 이 깊고 적막한 산골까지 찾아올 일이 없으니 어쩌면 나는 저아이가 만난 최초의 동양인인지도 모르겠다. 아이는 아마 뭔가 중대한 일이다 싶어 어른들이 있는 곳까지 한달음에 달려갔을 것이다.

마을 복판에 이르니 아담한 건물 하나가 눈에 들어왔다. 입구에는 그 건물이 마을 아트 커뮤니티에서 운영하는 작업장인 동시에 전시장임을 밝히는 팻말이 붙어 있었다. 구멍가게 하나 없는 이 깊은 산골에 아트 커뮤니티와 갤러리가 있다는 게 도무지 믿기지 않았지만, 내가 이곳까지 찾아온 목적도 웨야 아트의 실체를 확인하고자 하는 것이었으니, 어쨌거나 헛걸음을 한 건 아닌 셈이다.

창 너머로 보이는 작업장의 내부는 어둡고 칙칙해 보였으나 오래 방치된 것 같지는 않았다. 구석에 채 마르지 않은 듯한 그림들을 걸어놓은 걸로 보아 커뮤니티가 정상적으로 가동하고 있구나 하는 안도감이 들었다. 이곳에서 뭔가 현재진행형으로 이루어지고 있다는 것만으로도 눈물 날 만큼 반갑고 기쁜 일이었다.

웨야 아트는 지금으로부터 이십여 년 전 이 마을 공동체의 여인네들 사이에서 일어난 미술운동으로, 우연히 이 마을에 흘러들었다가 정착하게 되었던 독일인 화가 일스 노이의 헌신적인 노력에 의해 시작되었다. 당시 이 마을 공동체에는 지역 여성 인력개발을 위한 직업훈련소가 설치되어 있었는데, 그 훈련소에서 주로 다루던 것이 양재였다. 일스 노이의 제안으로 옷을 만드는 과정을 가르치고 배우던 사람들 사이에서 기능적인 일보다 창조적인 작업에 대한 고민이 시작되었던 것이 말하자면 웨야 아트의 시작이다. 이곳에서 본격적인 아트 워크숍을 가동하면서 처음 시도했던 게 아플리케 작품들이었던 것은 그런 사정을 배경으로 한다. 이후 보드 페인팅과 삿자 페인팅 등으로 영역을 넓히면서 거기에 따르는 기술적인 문제들을 지도하고 스타일을 완성해온 인물이 일스 노이였던 것이다.

일스 노이의 푸른 눈은 바느질을 하던 여인들의 손끝에서 무엇을 읽어냈던 것일까. 어떤 기대와 확신으로 고된 농사일로 단련된 투박한 손에서 예술작품을 만들어내게 했을까. 짐작건대 일스 노이는 그들의 손을 본 것이 아니라 마음을 읽어냈을 것이다. 그 마음속에 자리잡고 있는 삶에 대한 꾸밈없는 태도와 대담할 정도로 느껴지는 솔직한 표현들, 그리고 창작에 대한 내밀한 동경과 갈망을 엿보았을 것이다.

정확히 언제인지는 모르겠지만, 일스 노이는 웨야 마을을 떠나 자신의 고향으로 돌아갔다. 마을 커뮤니티는 자체적인 교육 프로그램을 통해 아티스트들을 발굴하고 키워내면서 웨야 아트의 스타일을 그대로 유지해오고 있었지만, 전시 기획 및 마케팅의 부재로 힘겨워하고 있는 상태였다. 일스 노이의 빈 공간을 커뮤니티 자력으로 채우기에는 역부족이었을 것이며, 무엇보다 창작만으로는 가계를 꾸려갈 수 없어 주경야작(晝耕夜作)할 수밖에 없었을 것이다. 그런 반농반예의 삶이 버거웠을 것임은 당연한 일일 테고.

웨야 아트의 작품들은 대부분 남부 아프리카 시골 마을의 일상과 목가적인 풍경들을 담고 있으며, 남녀의 사랑, 결혼과 관련한 개인의 관심사나 결혼 지참금과 일부다처제, 남아선호사상 같은 시사적인 문제들, 마을의 행사와 축제 등을 둘러싼 자신들의 문화적 전통, 오래전부터 전해내려오던 민담과 전설 등을 다루기도 한다. 이들이 주제를 다루는 방식은 거침없을 정도로 대담하며 솔직하다.

웨야 아트의 가장 큰 특징이라고 한다면, 모든 작품들이 작가가 직접 기술하고 있는 이야기를 담고 있다는 것이다. 다시 말해 작가의 이야기가 곧 작품의 주제를 이룬다고 할 수 있다. 그들의 이야기는 매우 단순하며 솔직하지만 어떤 수사학으로도 가닿을 수 없는 무구(無垢)의 절정을 보여준다. 이 이야기들은 21세기의 첨단도시에 살고 있는 우리들이 오래전에 잃어버린 단순함의 미덕과 허위에 물들지 않은 우화(寓話)의 세계를 가슴속에 펼쳐놓으며 뭉클한 감동을 불러일으킨다.

실제로 작품 속에 반딧불이가 빈번히 등장하는 것처럼 이것은 우리 주변에서 반딧불이 사라지기 이전, 밤마다 지상을 어지럽게 점멸하며 비행하던 불빛들을 바라보며 상상과 몽환에 사로잡히던 심성의 구조를 가지고 있는 이야기들이다. 장식적 수사 없이 담담하게 기술하고 있는 이야기들은 마치 그림일기를 통해 아이들의 순수한 마음을 읽어낼 때의 감동처럼 물질문명에 물들지 않은 아프리카 촌락의 담박한 아름다움을 전해준다. 그리고 이 점이 관념이나 복잡한 개념들을 다루고 있는 서구의 현대미술에선 찾아보기 힘든 것이다.

"그림에 담을 마땅한 이야기가 없을 때는 어떻게 그림을 그리죠?"

"그땐 그냥 일을 해. 이야기가 없는 건 그림 그릴 재료가 없는 것과 같거든."

"언제까지……?"

"꿈에서 이야기가 들려올 때까지."

작품의 뒷면에는 성냥갑 크기의 조그만 주머니가 달려 있고 그 안에 작가가 갱지 노트에 볼펜으로 꾹꾹 눌러 손수 적어놓은 이야기가 들어 있다. 주머니 안에 꼬깃꼬깃 접힌 채 담겨 있는 종이를 꺼내 읽어본 이야기는 대충 이런 내용을 담고 있었다.

치포와 체네세는 작은 가슴을 가지고 있다. 그래서 그들은 할머니에게 큰 가슴을 얻기 위해서 어떻게 하면 되는지를 여쭸다. 할머니는 그들에게 연못에 사는 물방개에게 젖꼭지를 물리면 큰 가슴을 얻을 거라 말씀하셨다. 치포와 체네세는 연못으로 갔고 물방개를 찾아 할머니가 일러준 대로 했다.

레티시아, 〈How to get big breasts〉, 88×72cm,
sadza & dye on the fabric
그림 아래 쪽에 물방개에 유두를 물리고 있는 치포와
체네세가 보인다.

# 그림 같은 이야기, 이야기 같은 그림

๐

치포 무갓자는 아트 커뮤니티의
대표를 맡고 있는 풍채가 아기 코끼리만한 여자다. 그냥 여자라
기보다는 우리 식으로 아주머니라고 해야 더 어울릴 것 같은 인
상의 소유자다. 작가들 중에서 한눈에 보기에도 뭔가 있어 보임
직한 카리스마를 풍기더라니, 자신을 커뮤니티의 대표라고 소개
하자마자 환영한다는 말과 함께 덥석 내 손을 끌어 잡는다. 손마
디와 손끝에서 투박함과 까칠함이 느껴지는 손이다. 어림짐작해
본 연배로 보나 얼핏 받는 인상으로 보나 동료 작가들 사이에서
는 왕언니로서의 지위를 확고하게 굳히고 있을 것만 같은데, 의
외로 가늘고 섬세한 목소리에 상냥한 태도를 갖추었다.

이야기 주머니를 하나만 더 열어보자. 치포 무갓자의 작품으로
세로 크기가 2미터에 달하는 대작이다. 가능한 한 원문 그대로를
옮겨보자.

여자와 남자는 사랑에 빠졌다. 두 사람은 남자의 고모에게 그들이
사랑하는 사이임을 처음 얘기했는데, 그때 마침 외양간에서 돌아온

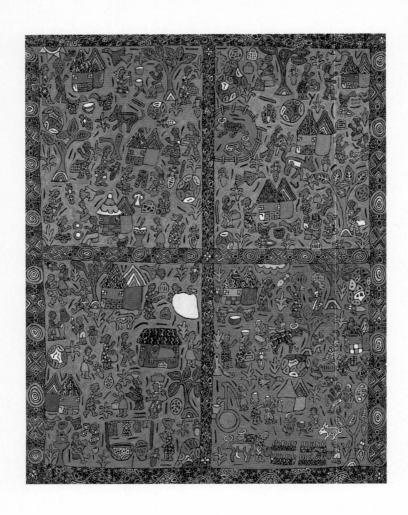

치포 무갓자, 〈African Marriage〉, 194×149cm,
sadza & dye
그림 속에 가장 빈번하게 등장하는 여인이 작가
자신이다. 웨야 아트는 자신들의 이야기를 담고
있으므로 종종 화폭에 자신의 모습이 담긴다.

고모부도 함께 듣게 되었다. 이 소식은 곧 마을에 퍼졌다.

결혼을 앞둔 이들이 친척집을 차례로 방문하고, 친척집에서는 이들을 위한 만찬을 준비한다.

남자의 고모가 남자의 집으로 가 남자의 아버지와 이들의 새로운 식구에 대해 상의를 한다. 상의가 끝난 후 남자의 고모는 심부름꾼을 데리고 결혼 지참금을 신부의 집에 전한다.

남자의 고모는 남자와 함께 다시 신부의 집으로 가서 새 신부를 맞이하게 된 기쁨의 표시로 선물을 전하고, 드럼을 치며 노래를 부른다. 이제 이 새 커플은 그들의 신방에서 새로운 생활을 시작한다.

신부가 임신을 하면, 남자의 고모는 늙은 소와 빈 바구니와 나머지 결혼 지참금을 들고 임신한 신부를 신부의 집에 데려다준다. 신부의 가족은 신부가 아기를 낳을 때까지 물을 긷고 정원에 물도 주며 요리를 하는 등 집안일을 돌본다.

신부가 해산을 하면, 신랑의 고모와 신부의 어머니는 새로 태어난 아이를 암탉과 바구니에 밀가루를 가득 채워 들고 신랑의 가족에게 데려간다. 이제 두 사람은 새 보금자리를 가졌다. 남편은 그의 아기와 놀아주며 돌보는 것이 무척 행복하다.


이야기 속 주요 등장인물인 '남자의 고모'는 작가 자신이다. 불행하게도 조카에게는 인륜지대사를 챙겨줄 모친이 없어 자신이 그 역할을 대신하게 되었던 것이다. 그런데 작가는 왜 한사코 자신을 남자의 고모라고 남 얘기하듯 말하고 있을까. 짐작건대 그것은 이 그림의 주제가 조카의 결혼과 출산에 이르는 과정이지 자신의 이야기가 아니기 때문이다. 이야기의 화자를 자신으로 설정할 경우 조카의 행복한 결혼생활은 배경이 되며 그 축복의 의미 또한 빛이 바랜다. 작가는 자신을 타자화함으로써 조카의 혼인을 진심으로 축복하고 있는 것이다.

치포를 포함한 커뮤니티의 모든 작가들에게 고도의 미학적 전략을 기대하는 것은 무리한 일이기도 하거니와 애당초 불필요한 일이기도 하다. 심지어 정확한 문법조차 그들에게는 큰 의미를 갖지 못한다. 다만 자신을 둘러싸고 있는 공동체와 존재의 근원적인 의미에 대해 소박하게 질문하면서 스스로 대답하고 있을 뿐이다. 선량한 마음으로 받아들일 준비가 되어 있을 때 모든 관계는 아름다울 수 있는 거라고. 그리하여 그들에게는 자연 또한 극복의 대상이 아니다. 그런데 저 단순한 그림과 소박한 이야기가 온갖 장치들로 복잡하게 계산된 작품들보다 마음을 움직이는 것은 왜일까.

그림은 결혼 전 조카 내외의 연애하는 모습에서부터 조카가 애를 안고 어르며 좋아라 하는 모습까지 이야기의 모든 장면들을 담고 있다. 심지어는 아담하게 꾸며진 신방의 이불 속에서 사랑을 나누고 있는 모습까지 그대로 묘사하고 있다. 그림 속에서 작가의 모습을 찾는 것은 그리 어렵지 않다. 이야기를 더듬어가면서 그림을 유심히 살펴보라. 잘 못 찾겠거든 가장 바빠 보이는 여인을 찾으면 된다. 그녀는 조카의 행복한 결혼생활을 위해 양가를 뻔질나게 오가는 중이다.

"당신이 그림 속에 담고자 하는 것은 주로 어떤 이야기들이죠?"

"여성의 일에 대한 그림을 주로 그립니다. 그건 내가 여자이고, 여성이 하는 일을 가장 잘 알고 있기 때문이지, 다른 의도는 없습니다."

"그럼 다른 작가들은?"

"그건 작가마다 다른데, 가령 두번째 부인을 얻은 남편을 자주 등장시키는 내 친구처럼, 개인이 직면한 문제에 대해 그리는 작가들도 있죠."

"그것 역시 그 사람의 일상일 텐데, 여기 아티스트들은 주로 일상을 그리나요?

"우리에겐 조상들로부터 들어온 이야기나 민담, 꿈속에 들려온 이야기도 다 일상입니다. 그 속에서 살지요. 우리 그림들이 미술관에 걸린다면, 우리의 아이들은 그 그림들을 통해 우리가 어떻게 살아왔는지 알 수 있을 겁니다."

치포의 설명에 의하면, 그림에는 일상과 전통, 주변의 이야기들뿐만 아니라, 아주 사적이거나 금기시되어왔던 부분에 이르기까지 다양한 이야기들이 담긴다. 예를 들어 결혼 지참금, 일부다

처제, 동성 간의 결혼 등 민감한 사회적 이슈까지도 다룬다는 것이다. 익숙하지 않은 특유의 발음과 짧은 독해력으로 알아듣기가 쉽지 않았지만, 대화를 이어갈 수 있었던 건 순전히 달링턴 덕분이었다. 그는 이미 내가 이해할 수 있도록 쉽게 설명하는 요령을 터득하고 있었다.

"삿자는 음식인데, 왜 이 그림들에 삿자 페인팅이란 이름이 붙은 거죠?"

"처음엔 삿자를 그림에 이용했거든요. 언제던가, 대기근으로 온 나라가 곤욕을 치른 뒤론 사용하지 않지만."

스와힐리어를 쓰는 동부 아프리카에서는 우갈리로 불리고, 말라위에서는 은씨마로, 남아공에서는 밀리팝으로 불리는 삿자는 아프리카를 통틀어 가장 대중적인 음식으로 이곳 사람들의 주식이기도 하다. 옥수수 가루를 끓이고 개어서 만든 반죽 형태의 이 음식은 굳이 비교하자면 간이 안 된 묽은 백설기와 흡사한 맛을 낸다. 현지인들은 스튜나 닭고기 등을 곁들여 먹기도 한다. 이 삿자를 풀로 끓여 염색용 안료와 더불어 채색하는 과정을 수차례 거쳐 작품을 제작해 이 같은 이름이 붙여졌으며, 최근에는 대부분 염료만을 이용해 작품을 제작하고 있다. 윤곽선이 두드러지는 삿자 페인팅의 독특한 스타일은 삿자를 이용해 그림을 그려가면서 만들어진 웨야 마을만의 독창적인 회화 양식인 것이다.

# 하늘 아래 첫 동네에서 일어난 작은 기적

◆

웨야는 세상으로부터 멀찍이 나앉아 있는 물 속의 섬 같은 마을이다. 세상은 저만치에 있어도 하늘은 가까워서 손을 뻗어 뛰어오르면 솜사탕 같은 구름 한 귀퉁이를 잡아채 입에 넣을 수도 있을 것만 같다. 마을과 세상을 연결시켜주는 것은 사나흘에 한 번씩 드나든다는 버스가 유일하다. 그 버스에 사람들과 온갖 짐 보따리들이 차고 넘치도록 실리고, 머리만 내놓은 채 비닐봉지에 묶여 있는 닭이 실리는가 하면 염소가 실릴 때도 있다. 이런저런 바깥소식들을 싣고 오는 것도 그 버스다.

버스의 지붕 위는 아예 물건들을 실을 수 있도록 낮은 철제 난간이 설치되어 있는데, 부피가 제법 나가는 짐짝들과 자전거 같은 물건을 싣는 데 제격이다. 지붕 위에 그득 짐을 얹고 출렁이며 비포장 길을 오가는 버스는 머리에 보따리를 이고 들길을 걸어오는 할머니의 모습처럼 위태로워 보인다. 힘들기로 치면 버스나 그걸 타고 오는 사람이나 매한가지다. 그래도 동구 밖을 벗어나고 들어오는 건 새롭고 즐거운 일이어서 버스 안은 늘 소란스러운 대화와 웃음소리로 가득하다.

예기치 않았던 다급한 일로 시내에 나갈 일이 생기면 걷는 수밖에 다른 도리가 없다. 짐이 없으면 한 시간 정도를 걸어서 슈퍼마켓이 있는 마을까지 갈 수가 있다. 그곳엔 그래도 드문드문 버스가 있다.

"밤에는요?"

"달빛만 있으면 오히려 그것도 괜찮아."

도시가 아닌 다음에야, 길을 걷는다는 건 아프리카 사람들에겐 거의 일상화되어 있는 일이다. 이따금씩 오가는 교통편이 있다고 하더라도 그 시간을 맞추지 못하면 어쩔 수 없이 발을 움직여야 한다. 사람들의 걸음은 느긋하긴 해도 결코 무겁지가 않다. 그들의 다리는 마치 제 부피보다도 몇십 배 더 크고 무거운 몸을 지탱하면서도 날렵하게 이동하는 타조의 다리 같다. 사람들이 사는 흔적이라곤 찾을 수 없는 막막하기만 한 길을 홀로 하염없이 걷고 있는 사람의 모습이 이곳에선 자주 목격된다. 멀리서 보면 고요하기만 한 들판을 지나가는 한 마리의 짐승처럼 보이는 쓸쓸한 풍경이다. 어디서 와서 어디로 가고 있는지 알 수 없으나, 그에게도 분명 가야 할 곳과 길을 가야만 하는 이유는 있을 것이다.

날이 궂으면 마을은 안개와 구름에 잠기고 사람들은 시름에 잠긴다. 삶의 신산함이 이 외진 곳에 모여 사는 사람들을 비켜갈 리 없다. 외려 외부의 소식이 드문드문 들려오는 곳일수록 생의 고단함은 더 악착같이 기어들어 사람들의 입에서 기어코 깊은 한숨을 뽑아내고야 만다. 그런데 참 알 수 없는 건, 그들의 그림에서 심각한 구석이라고는 도무지 찾아볼 수가 없다는 것이다. 지긋지긋한 가난의 흔적도, 농투성이의 자식으로 태어나 농투성이로 살아야 하는 설움도, 대책 없이 망가져가는 나라의 국민적 열패감도, 군벌들에 의한 정치적 폭력의 아픔도 보이지 않는다. 오히려 삶을 축복으로 여기는 듯 여유와 흥을 잃지 않는다. 사회적인 이슈를 다루고 있는 작품들 또한 현실의 치열한 고발이나 투쟁보다는 농담 같은 해학으로 간단히 처리된다. 정치적 계몽의 부재일지 모르겠다. 그들의 삶 속에는 현실의 고단함을 현실적인 방법으로 극복하려는 의지보다 더 큰 힘으로 작용하는 어떤 가치관이 있을 법한데, 그게 무얼까? 기후 또는 부족의 특성일지 종교의 영향일지, 저들과 더불어 어울렁더울렁 살아보지 않고서는 알 길이 없다.

그림 속의 집들은 대개 지붕이 뾰족한 초막의 형태를 띠며, 구조 또한 매우 단순하다. 웨야의 그림이 사실적인 묘사를 하지 않는다는 점을 감안하더라도 그들의 단출한 살림살이를 미루어 짐작하기에 충분하다. 사람들은 농본주의적 근면성을 암시하기라도 하듯 화면 구석구석을 활기 있게 오가며, 그 사이사이에 가축들이 가족이나 이웃처럼 자리잡고 있다. 어렸을 적, 내가 살던 집에도 식구 수보다 많은 가축들이 있었다. 그 시절에 그림을 그렸

더라면 아마 나도 나와 가족들 옆에 동등한 크기로 그 가축들을 그려넣었을 것이다. 내가 유년 시절에 가축들에게 느꼈던 끈끈한 유대감을 이곳 사람들은 애, 어른 할 것 없이 모두 가지고 있다. 그 정서적 일체감은 가축에게만 해당되는 것이 아니라, 산속 짐승들에서부터 산과 나무, 연못과 들판처럼 삶을 둘러싸고 있는 모든 자연적 배경들에게로 확산된다. 그들의 삶을 '가난한 충만'이라 할 수도 있을 것인데, 그 충만함은 자연과의 원만한 친화관계가 바탕을 이루고 있을 것이다.

다시 그림 속으로 들어가보면, 표현 양식은 구상과 추상 사이의 어느 지점에 있으며, 상징주의 미술의 흔적이 곳곳에서 발견된다. 이를테면, 인물이나 동물처럼 움직임을 가진 대상은 측면으로, 나무나 집 같은 사물은 정면으로 묘사되고 있으며 중요한 부분은 상대적으로 크게 표현된다. 웨야 아티스트들에게는 표현하고자 하는 주제의 물리적인 상태보다는 존재 자체가 더 큰 의미를 갖는다고 하겠다. 작품의 가장자리는 작가마다 독특한 디자인과 구성으로 장식하는데, 기하학적인 패턴에서부터 구상적인 모티프까지 화려한 색상과 정교한 패턴에서 웨야 아티스트의 재능과 창의적 감각을 확인할 수 있다. 한 화면 안에 담겨 있는 이야기의 요소들은 시간과 공간의 경계를 아무렇지도 않게 뛰어넘는다. 만화처럼 하나의 요소가 하나의 공간 속에 갇혀 있지도 않는다. 웨야 아트를 두고 작가들이 정규 교육을 받지 않았다는 점에서 '나이브 아트'로 비아냥거리는 사람들도 분명 있을 것이나, 이를 달리 말하면 정규 교육의 폐해로부터 벗어나 있기 때문에 관념적이고 개념적인 틀에 구애받지 않고 이처럼 자유롭고 분방한 형식을 창조했다고 말할 수도 있을 것이다.

어쨌거나 지난 1990년대 전후의 웨야 마을은 작은 기적을 이루어냈다. 웨야는 뭐 하나 내세울 게 없었던 작고 가난한 마을이었고, 누구도 관심 두지 않으며 지도에도 나와 있지 않은 촌락이었다. 한 나라의 입장에서 보자면 있어도 그만 없어도 그만인 마을의 사람들이 돌연 한 손에 붓을 들었다고 해서 인구에 회자될 일도 아니었다. 그러나 이 웨야의 아티스트들은 1988년 초 짐바브웨 국립미술관에 당당히 초대되었고, 짐바브웨의 유력 일간지 '더 헤럴드'가 이를 대서특필했다. 수도 하라레 시민들의 눈이 모두 휘둥그레진 건 당연한 일이다. 우리 식으로 말하면 강원도 하늘 아래 첫 동네라고 할 만한 마을의 사람들이 예술을 한답시고 호들갑을 떨었는데, 그 작품들에 대해 국립현대미술관이 기획초대전을 열고 전시의 내용이 주요 일간지들의 문화면을 화려하게 장식한 것이다. 그리고 이 소식은 국경을 넘어 이웃나라들에 빠르게 전파되었다.

웨야 아트는 이제 막 태동하기 시작한 신생 예술이지만, 아프리카의 문화적인 정체성을 현대적인 방법론으로 풀어내는 지역 예술의 좋은 본보기이며, 독특한 스타일로 확고한 이미지를 구축

해가고 있다. 미술대학은 고사하고 깊은 오지에 가까운 마을을 벗어나본 적이 없는 이들에게서, 그것도 산골에서의 고된 농사로 굳은살이 박인 거칠고 투박한 손끝에서 이렇게 아름다운 세계가 펼쳐진다는 건 실로 경이로운 일이다. 그들이 만들어내는 작품들이 아름답게 보이는 것은 그들이 순수한 마음과 열정, 자신들의 문화적 전통을 잃지 않고 있으며, 거기에 유머와 해학, 순박한 표현력이 어우러져 있기 때문일 것이다. 서구 아카데미즘의 눈으로는 볼 수 없는 아름다움의 세계가 그곳에 너무도 확연하게 존재한다. 아프리카를 오가며 거듭 느끼는 일이지만, 아름다움은 기득권을 쥔 자들의 전유물이 아니며 예술의 완성도 또한 시장의 가격으로 평가할 일도 아니다.

## 이 아이들의 눈을 보세요

🌢

　　　　　　　　"내가 어쩌다 이곳에 와 있는 걸
까. 여기서 난 또 무슨 일을 하고 싶은 것일까."

　길은 마을을 지나 더 이어져 있었지만, 그 길을 통해 어디로
갈 수 있는지는 모르겠다. 물론 산을 조금만 내려가면 지도에는
나와 있지 않더라도 길은 있을 것이고 길은 또 마을에 닿을 것이
다. 밤하늘의 무수한 별자리들처럼 조그만 마을들은 그렇게 이
어져 있을 것이다. 그곳에도 분명히 저마다의 방식으로 사람들
이 살고 있을 것이며, 삶에 대한 나름의 이야기들을 가지고 있을
것이다. 하지만 그 길들이 나를 부르기도 전에 내가 갈 순 없다.
내 인생 전부를 길을 걷는 데 사용한다 해도 지구 밖에서 보면
조그만 골목 하나를 지난 것에 불과할 뿐이다. 결국 모든 것은
선택의 문제다. 저 길을 갈 것인가 말 것인가. 그 일을 할 것인가
말 것인가.

　수도 하라레를 기준으로 동북 지역을 통틀어 내가 가고 싶었던
곳은 동쪽 산악지대에 있는 양가라는 곳 외엔 없다. 그곳은 여기
선 제법 알려진 휴양지로 이 나라에 드나들면서부터 꼭 한번 시

간을 내어 다녀와야지 생각했던 곳이다. 그곳은 고산지대답게 기후가 매우 선선해서 아프리카에선 드물게 냉수성 어족인 송어 요리를 제대로 맛볼 수 있는 곳이기도 하다. 그곳에 가려면 온 길로 수십 킬로미터를 되돌아가다 방향을 틀어야 한다. 그러니 어디로 가든 이 마을에선 온 길을 다시 되돌아가야만 한다. 그 말은 처음부터 웨야는 들러가는 곳이 아니라 목적지였다는 것이다. 그렇다면 이곳을 찾아온 내 목적은 뭐지?

속내를 털어놓자면, 나는 웨야에서 일스 노이의 빈 공간을 채우고 싶었던 거다. 웨야의 아티스트들과 함께 작업을 하면서 작품의 완성도를 높이는 데 기여하고 싶었으며, 그리하여 마침내 산골 마을의 작은 기적을 완성하고 싶었다. 그리고 그 결과물을 들고 유럽과 북미의 내로라하는 미술관들을 순회하면서 오랜 세월 동안 아름다움의 기준이 되어왔던 서구의 세련된 문화와 오만한 현대미술의 뒤통수를 후려갈기고 싶었다. 그리고 이렇게 외치고 싶었다.

"봐라, 이렇게 변두리에서도 미술의 역사는 싹트는 것이다. 당신들이 경험하지 못한 아름다움이 여기에서 태동하고 있으니, 서재에 앉아 함부로 기록하지 마라. 주인의 허락 없이 인용하지 말 것이며, 확인을 하고 싶다면 와서 예를 표하라. 그리고 오래전에 당신들이 도용했던 아름다움의 원천에 대해 명확히 그 출전을 밝혀라."

지난 세기의 후반부에 이 나라의 쇼나 조각이 유럽 미술계를 화들짝 놀라게 했던 사건은 프랭크 맥퀸이라는 뛰어난 기획자의 안목과 헌신적인 노력에 의해 가능했다. 영국 태생으로 프랑스 로댕 박물관의 수석 큐레이터이며 평론가였던 그가 로디지아(현재의 짐바브웨)의 국립현대미술관 초대 관장으로 위촉되었던 건, 로디지아 정부가 유럽의 탁월한 미술품들로 당시 그 나라에 거주하던 백인들과 상류층의 문화적 허기를 채워주길 바랐기 때문이다. 그것이 그에게 주어졌던 소임이었다. 그러나 그는 유럽의 세련된 미술작품을 선보이는 대신 로디지아의 작가들을 발굴하고 후원해 유럽과 미국으로 데리고 갔으며, 로댕 박물관과 파리 국립현대미술관, 그리고 뉴욕 현대미술관 등을 통해 마침내 서구 미술계를 충격에 빠뜨렸다.

일스 노이가 좀더 열정적이고 체계적인 기획력을 갖춘 사람이었더라면 웨야 아트 또한 국제 무대로 진출하는 길을 열었을 것이다. 웨야의 아티스트들은 그만한 독창성과 가능성을 충분히 갖추고 있다. 다만, 어떻게 자신들의 작품을 연출하고 수준을 끌어올려야 하는지, 그리고 그 작품들을 어떻게 선보이고 홍보해야 하는지에 대해 구체적인 방법을 모르고 있을 뿐이다. 물론 이제까지 아티스트를 발굴하고 키워내면서 웨야 아트라는 형식을 만들어낸 것만으로도 일스 노이의 노력은 매우 가상한 것이다. 그러나 그들의 한 손에 붓을 쥐여주었을 뿐, 다른 한 손에 들고 있던 농기구를 놓게 하진 못했다. 그들의 손이 온전히 창작을 위해 사용되기 위해선, 그들이 진정한 예술가의 길을 가게 하기 위해선 국제적인 홍보와 기획이 필요하다. 어쨌거나 일스 노이는 이곳에 절반의 성공과 가능성을 남겨둔 채 떠났고 그가 떠난 곳에 내가 들어왔다. 나는 프랭크 맥퀸의 역할을 웨야에 적용해보고 싶었던 것이지만, 그 열망을 채우기에 나의 재능은 턱없이 부족했고, 아프리카에 관한 한 나는 어쩔 수 없이 이방인에 불과했다.

한사코 마을을 안내하겠다는 치포 무갓자를 만류하고 갤러리를 나서 마을을 어슬렁거렸다. 마을에서 가장 눈에 띄는 공간은 너른 들판 운동장을 가지고 있는 학교다. 담장이 있는 게 아니니 정문도 따로 있을 리 없건만, 아이들이 가장 많이 드나드는 쪽으로 '무쿠테 프라이머리스쿨'이라는 조그만 간판이 하나 허술하게 걸려 있다. 나는 속으로 그냥 들판 학교라고만 생각하고 있었다. 운동장에는 잔디가 풀과 섞여 발목까지 자라 있었고 발길이 잘 닿지 않는 주변으로는 무릎보다 높게 자란 풀들이 바람에 흔들리고 있었다. 자고 나면 한 뼘씩 자라나는 풀들을 매번 관리할 여력이 없었을 것이다. 그건 비단 이 학교뿐만 아니라 처음 이 나라에 들어서면서부터 느껴왔던 것이다. 어차피 다시 자라날 걸 애써 손질하는 것 자체를 부질없는 일로 여기거나, 언제부턴가 이 나라의 국민들이 심한 피로감과 무기력증을 앓고 있는 것처럼 보였다. 둘 다 맞는 얘기인지도 모르겠지만, 그것보다 큰 이유는 이미 엉망이 되어버린 이 나라의 경제 때문이었다.

들판 운동장에는 열댓 명의 아이들이 체육 수업 대신 지팡이처럼 생긴 긴 낫을 휘둘러 풀들을 잘라내고 있었다. 멀리서 보니 자치기나 골프 놀이를 하는 것처럼 보이기도 했다. 다가가 인사를 건네자 부끄러움인지 당혹스러움인지 모를 표정들을 지어 보인다. 이런 멋쩍은 상황을 친근하게 바꾸는 가장 효과적인 방법이 가방 속에서 사탕 봉지를 꺼내는 것이다. 여러 번의 경험을 통해 검증된 사실이거니와, 이 방법은 상대가 아이들일 경우 효과가 거의 확실하다. 상대가 어른이라면 넌지시 콜라 한 병을 건네는 게 더 효과적이긴 하지만, 어쨌거나 현지인들과 좀 친해볼 요량이라면 가방 속에 사탕 한 봉지쯤 준비하는 게 좋다. 이번에도 사탕은 어김없이 효과를 발휘해 몇 마디 주고받은 후 아이들과 장난을 치고 카메라 앞에서 포즈를 취하게 할 수도 있었다.

무쿠테 프라이머리스쿨의 교장과 선생 일행은 나를 환대했다. 이 학교를 찾아온 동양인 손님은 개교 이래 내가 처음이란다. 이 학교는 이 마을에서 9킬로미터 떨어진 학교의 분교로 7학년까지 총 350명의 학생들이 공부를 하고 있다. 어렵기는 본교도 크게 다를 바가 없어서 지원을 전혀 받지 못하고 있으며, 정부로부터의 재정적인 지원 또한 기대할 형편이 못 된다고 한다. 아이들이 처한 교육 현실은 참담했다. 교과서 한 권으로 열 명의 아이들이 함께 공부하고 있으며, 분필조차 조심스럽게 써야 하는 형편이

다. 시멘트 벽에 짙은 남색 페인트를 칠해 흑판 대용으로 사용하고 있으나 잘 지워지지가 않아 분필 자국이 허옇게 남아 있다. 교장실 또한 남루하고 옹색하기 이를 데 없다. 들고 있던 펜을 건네자 교장은 고맙다며 내 손을 잡아 흔들었다. 교장은 그 펜으로 꼭 내게 편지를 쓰겠다고 했다. 아끼던 펜이었지만 내겐 언제든 쉽게 구할 수 있는 물건이기도 했다.

웨야를 떠올릴 때마다, 가슴에 사무치는 모습들 중 하나가 아직 가난에 눈뜨지 못한 아이들의 크고 그렁그렁한 눈빛들이다. 그 안에 천진과 무구함의 세계가 가득 차 있었다. 자연을 통해 세상을 배운 아이들만이 가질 수 있는 눈빛이었다. 아프리카 아이들이 대체로 그런 눈빛들을 하고 있지만, 산골 아이들의 눈빛은 도시 아이들의 눈빛과 또 달라 보였다. 그 눈을 가만히 보고 있으면 그 안에 온갖 산짐승들이 뛰어놀고 산새들이 날아들며 과실들을 품고 있는 출렁이는 숲과 하얀 구름이 비치는 듯했다. 이후로 나는 세 번 더 이 마을을 방문했는데, 그때마다 아이들은 더 자라 있었지만 맑고 큰 눈만은 여전했다. 내가 탄 차가 먼지를 일으키며 뒤뚱뒤뚱 마을로 들어설 때 손을 흔들며 달려나오던 아이들의 그 눈.

# 가슴속에 와 박히던 대평원의 낙뢰들

𓃰

              사하라 사막 이남 전역에 흩어져 살면서 아프리카 대륙을 지켜온 최초의 원주민 부시먼. 철기문명으로 무장하고 서아프리카로부터 대거 남하해온 반투족들에게 땅을 내주고 칼라하리 사막 척박한 토양 위에서 자신들만의 독특한 수렵채집문화를 이어왔던 '부시매노이드'는 이제 아프리카에서도 잊혀져가는 인종, 지구상에서 가장 위기에 몰린 인종 가운데 하나가 되었다. 나미비아, 보츠와나, 남아공, 짐바브웨, 잠비아, 앙골라 등의 나라에 흩어져 총 5만 명 정도로 추산되는 인구가 고단한 삶을 꾸려가고 있는 이 위기의 인종을 국제사회는 애써 외면하고 있다. 이유는 단 하나, 그래봐야 국가 간의 갈등만 초래할 뿐 어떤 실익도 기대할 수 없기 때문이다.

  오늘날의 부시먼들은 대부분 백인들의 농장이나 가축을 소유한 흑인들에게 고용되어 담뱃값 정도밖에 안 되는 임금을 받으며 가혹한 노동에 시달리고 있거나, 관광객들에게 조악한 기념품들을 팔고 같이 사진을 찍어주고 받는 동전으로 연명하고 있다. 그도 아니면 마약에 젖은 채 죽음의 언저리를 배회하고 있거나, 알코올중독자가 되어 충혈된 눈으로 구걸을 일삼고 있을 것이다. 그들에게 미래는 이미 절망과 동의어다. 치유될 수 없는 치명적인 상처들이 그들의 삶을 지배하고 있으며, 회복될 수 없는 잔혹한 파괴가 그들 사회에 진행되어왔다. 도대체 무엇이 그들의 삶을 나락으로 내몬 것일까.

부시먼의 마지막 영토 칼라하리를 무단 점거한 이민족과 식민지 개척자 들은 그들의 삶의 근간을 이루는 수렵채집 문화의 토대를 지속적으로 파괴해왔다. 그들에게 부시먼은 길들여지지 않는, 다소 위험한 존재였기 때문이다. 자연과 완벽한 조화를 이루며 살아왔을 뿐, 전통적으로 강력한 정치적 구심점을 구축하지 못했던 부시먼들은 이 가혹한 파괴에 속수무책으로 당할 수밖에 없었다. 부시먼에게 문화의 파괴는 곧 모든 것의 파괴를 의미한다.

한 치도 물러설 곳이 없는 벼랑 위에서 그들 가운데 일부가 마침내 정치적 행동을 도모하기에 이른다. 스스로 존재의 당위성을 회복하고 아이들에게 아버지의 아버지로부터 들어온 이야기들을 들려주기 위해 투쟁을 선언하고 나섰던 것이다. 그런데 그 투쟁의 시작이 그림을 그리는 것이라면 우리는 이해할 수 있을까. 부시먼들은 태곳적부터 아프리카의 바위의 너른 벽면과 동굴에 수많은 암각화(또는 암석화)를 남겨온 최초의 아티스트들이다. 거기에 자신들의 삶과 문화에 관한 이야기들을 남겨왔으며, 이제 그 이야기들을 복원해 잊혀져가고 있는 자신들의 문화적 정체성을 회복하겠다는 것이다. 그래서 뭘 어쩌겠냐고 묻고 싶은 이를 위해 다시 말하면, 부시먼에게 문화의 복원은 곧 모든 것의 복원을 의미한다.

남아공 노던케이프의 주도(州都) 킴벌리 시 인근의 슈미츠드리프트에 부시먼 아트 커뮤니티가 있다. 이 커뮤니티에 참여하고 있는 아티스트들은 대부분 앙골라와 나미비아 출신들로 나미비아 독립 전쟁 이후에 이곳에 눌러앉게 된 사람들이다. 대부분 부시먼 집단이 그렇듯 이들과 남아프리카 흑인들 사이엔 뿌리 깊은 갈등이 있었다. 앙골라를 지배하고 있던 포르투갈인들은 자신들과 흑인들 사이의 갈등이 전쟁으로 번지자 공동의 목표를 위해 협력하자는 명분으로 부시먼들을 전쟁에 끌어들였다. 1975년 포르투갈이 앙골라에서 철수하자 이번엔 남아공이 나미비아의 게릴라들을 소탕하기 위해 이들을 끌어들였고, 나미비아마저 독립을 쟁취하게 되자 이들은 오도 가도 못하는 신세가 되어버렸던 것이다.

슈미츠드리프트의 부시먼 아트 커뮤니티를 찾아가는 길은 참 멀고도 아득했다. 남아공의 아름다운 항구도시 케이프타운에서 요하네스버그까지 뻗어 있는 고속도로 N1은, 국토를 대각선으로 연결하며 나라의 심장 같은 도시들을 가로지른다. 지도상에 나타난 N1은 자를 대고 그어놓은 듯 곧은 직선으로 표시되어 있었다.

그 중간을 조금 넘어 킴벌리라는 도시 인근의 플래트폰테인 농장이 내가 찾아가는 곳이다. 그 농장에 커뮤니티가 있었다.

출고된 지 십수 년이 지난 고물 자동차는 그 먼 길을 용케도 잘 달렸으나, 킴벌리 시를 목전에 두고 끝내 엔진에서 시커먼 연기를 토해내고 말았다. 거의 쉬지도 않고 1천 킬로미터를 넘게 달려왔으니 노년기에 접어든 엔진으로선 무리가 따랐을 것이다. 연기는 좀체 가라앉지 않았고 차를 적당한 곳으로 옮기려 해도 시동은 걸리지 않았다. 그냥 예기치 않았던 사고라고 말하기엔 사태가 심각했다. 보닛을 올리고 이따금씩 지나가는 차를 향해 손을 흔들었지만, 가망 없어 보이는 상황에서 질주하고 있는 차를 멈추진 않았다. 트랙터를 타고 가던 농부가 다가왔으나 곧 고개를 절레절레 흔들며 가버렸다. 그늘 한 점 없는 하이웨이에서 쩔쩔매고 있기를 두 시간, 해가 저물어갈 무렵이 되어서야 킴벌리의 한 자동차 공장과 연결이 되어 밧줄로 묶인 차에 실린 채 킴벌리에 들어설 수 있었다. 엔진 수리 불가능 판정을 받은 차는 고철이나 다름없었다.

며칠 동안 경황없이 일을 마치고 지친 몸으로 케이프타운으로 돌아가는 길, 그레이하운드 고속버스 오른편 창밖으로 먹구름이 파도처럼 몰려왔다. 버스가 불빛 한 점 없는 평원으로 들어서자 두꺼운 구름층을 뚫고 낙뢰가 떨어지기 시작했다. 순간순간 강렬한 섬광이 칠흑 같은 하늘을 찢어놓았고 우레가 평원을 뒤흔들었다. 평원은 낙뢰가 어떻게 두꺼운 구름층을 뚫고 지상에 꽂히는 지를 그대로 보여주었다. 가끔씩 서너 개의 낙뢰가 한꺼번에 떨어지기도 했다. 그 놀랍고 장엄한 광경을 바라보며 나는 시종 부시먼에 대한 생각들에 사로잡혀 있었다.

우리 부족 문화의 특징을 한마디로 말한다면, 그것은 '단순성'이라고 할 수 있습니다. 단순하고 겸손한 삶은 우리의 모든 것을 대변하며, 우리는 자연에게서 그것을 배웁니다. 우리는 그것을 삶에 대한 소극적인 태도라고 생각하지 않습니다. 우리는 그 단순성으로 정치적 격변과 가혹한 폭력 들, 현대라는 이름의 격랑을 견뎌왔습니다. 우리가 지구상에서 사라지는 날까지 우리는 여전히 자연의 사람들로 남을 것입니다.

그들은 어쩌자고 문명을 거부했던 것일까. 무얼 얻기 위해 지금까지 석기시대의 마음을 고수하고 있는 것일까. 스스로 진화를 거부해버린, 바보스러울 정도로 단순한 뇌 구조를 가진 그들을 처음에는 이해할 수 없었다. 그러나 그들의 관습과 문화를 곁눈질하면서, 그들의 삶의 태도에 대해 고개를 끄덕이기 시작하면서, 그들의 마음속에 자신들의 삶을 일관하는 확고한 신념이 자리잡고 있다는 것을 조금씩 깨닫기 시작했다. 그들에게 관심두기 이전의 나를 포함하여 스스로 보고, 알고, 믿는 것들에 대해 심각한 오만에 사로잡혀 있는 이들은 동의하지 않겠지만, 그 것이야말로 지구상에서 가장 오래되었으며, 가장 아름다운 정신 이 아니겠는가.

버스는 서너 시간 동안 꽤 먼 거리를 질주해왔지만, 강렬한 섬 광과 폭음의 전쟁터를 빠져나가진 못했다. 여전히 낙뢰와 우레 는 대평원을 흔들어대는 중이었다. 그러나 그 섬광과 굉음은 비 단 창밖의 일만은 아니었다. 부시먼에 대한 생각에 잠겨 있는 동 안 내 두개골과 가슴에는 수도 없이 우레가 울고 낙뢰들이 와서 꽂히며, 섬광과 굉음과 포연의 난무하는 난폭한 황홀경에 빠지게 했다. 우리를 둘러싸고 있는 공해와 거대한 빌딩 숲들로 인해 우 리는 먼 곳을 바라볼 수 없으며, 끊임없이 들려오는 소음으로 인

가슴속에 와 박히던 대평원의 낙뢰들

해 주변의 이야기들에 귀 기울이지 못한다. 도시적 삶은 반성적 사고를 차단하고 문명에 대한 오해와 오만은 우리를 오직 앞만 보며 질주하는 맹목의 삶으로 몰아간다. 그게 바로 원시고 야만 인 줄도 모르면서 말이다. 그날 평원의 낙뢰처럼 내 가슴에 와 박 히던 생각들이다.

# 최초의 아티스트들을 찾아서

◆

　　　　　　　　　이른 새벽에 차 시동을 건다. 케이프타운 외곽의 살가웠던 풍경들이 짙은 안개 속에 잠겨 가무스름하다. 길은 열 걸음 앞을 보여줄 뿐 먼발치를 보여주지 못한다. 안개는 점점 더 짙어져 전조등마저 삼켜버릴 정도로 자욱하다. 습기를 머금은 안개는 연기처럼 위로 향하지 못하고 바닥으로만 가라앉는다. 예상치 못했던 복병이다. 안개를 감안하지 않고서도 늦은 오후가 되어서야 도착하리라 생각했던 먼 길이다. 지난번처럼 엔진을 태워먹지 않으려면 평균속도를 줄이고 나도 차도 충분히 쉬어가야만 한다. 갑자기 마음이 안개보다 무거워진다. 와이퍼로 차창에 들러붙는 안개를 걷어내며 점점 깊어지는 안개의 터널 속으로 진입한다.

　서울로 향하는 자유로에서 이렇게 지독한 안개를 만난 적이 있다. 안개는 이정표의 큼지막한 글씨들을 죄다 지워버렸고, 차는 희미하게 보이는 차선에 의지해 달팽이처럼 도로를 기어야만 했다. 그러길 한 시간 남짓, 뭔가 찜찜한 느낌에 차를 세우고 주위를 살펴보니 차는 인천공항을 향하고 있었다. 그땐 약속을 작파

하고 을왕리까지 가서 바람을 쐬다 왔어도 무방했지만, 지금은 여러모로 사정이 다르다. 나는 지금 부시먼들이 남겨놓은 예술의 흔적과 그 현대적 변주가 이루어지고 있는 현장을 찾아 노던케이프 주로 향하는 중이다.

안개지대를 빠져나오자 칠흑 같은 어둠이 주위를 감싼다. 칠흑, 정말 옻칠만큼이나 깜깜하지만 안개가 걷혔다는 건 그나마 다행스러운 일이다. 이따금씩 케이프타운으로 물건을 싣고 들어오는 트럭들과 마주칠 뿐, 도로는 텅 비어 있고 주위는 적막하기만 하다. 새벽 동이 트기까지는 아직 두 시간 정도가 더 지나야 한다. 내륙으로 들어갈수록 사람들의 흔적은 드물어지고 길은 평평해진다. 카루 평원이 가까워지고 있다는 얘기다. 케이프타운에서 요하네스버그를 잇는 하이웨이 N1은 두 도시를 최단거리로 연결하는 도로이다. 두 도시 사이의 거리는 얼추 서울에서 부산의 네 배를 넘지만, 두 도시 사이가 대부분 광활한 평원이기 때문에 가능한 일이다. 정말이지 케이프타운을 벗어나 킴벌리에 들어서기까지의 길은 급한 커브 한 번 없이, 오로지 직진만으로 일관하는 길이다.

세상에 저와 나뿐인데도, 평원은 아무런 말이 없다. 어둠의 이불을 머리끝까지 올린 채 깊은 잠에 빠져 있는 중이다. 그 잠이 깊디깊어서 내가 전조등을 하이 빔으로 놓고 소음을 일으키며 지나가는 것에도 아랑곳하지 않는다. 그 잠을 방해하지 않으려는 듯 바람마저 잦아든 이른 새벽의 카루. 강산은 이를 데 없이 적막하기만 한데 허공을 지천으로 채우고 있는 별들이 저희들만의 언어로 수런거리고 있다. 일찍이 본 적이 없는 수만의 별 무리다. 그러고 보니 허공이 7할인데, 어쩌자고 별똥별은 눈높이에서 자꾸 떨어져내리는지. 별들은 또 어쩌자고 핸들 위에 걸려 있는지. 내가 가고 있는 이 길이 지상의 길인지 허공의 길인지. 도무지 종잡을 길 없는 멀고 아득한 길이다.

수백만 년 전에 별들이 보낸 빛을 이제야 내가 받아본다. 저 별들 중 몇은 지금 존재하지 않는지도 모른다. 그리고 나는 지금 부시먼들이 남겨놓은 수만 년 전의 흔적들을 찾아가고 있는 중이다. 오늘날 아프리카 미술의 가장 위대한 유산 중의 하나로 평가받고 있는 부시먼의 암각화들 또한 풍화와 파괴에 의해 상당 부분 사라졌다. 그것들이 지금까지 남아 있다면 저 허공의 별들만큼이나 무수하게 지상에서 빛을 발하고 있으리라. 해독되지 않는 별들의 언어처럼 넓고 부드러운 바위의 표면에 아로새겨진 부시먼의 이야기들은 쉽게 이해가 되지 않는다. 옛사람의 눈으로 보아야 옛 그림이 보인다면, 부시먼의 암각화들은 부시먼의 눈으로 보아야 할 터인데, 그 부시먼의 마음이란 게 종잡을 길이 없다.

부시먼은 16세기부터 아프리카 남단에 정착하기 시작한 보어(네덜란드계 백인)인들에 의해 붙여진 이름으로 '수풀 속에 사는 사람'이라는 다소 경멸적인 의미를 담고 있다. 학계에서는 일반적으로

타마 카셰, 〈Traditional Dance〉, 29×36cm,
linoleum print

'산'족으로 통칭하며, 그들과 인종적 사촌지간이라고 할 수 있는 코이코이족과 더불어 코이산족이라 불리기도 한다. 혈통적으로 그들과 가장 가까운 코이코이족에게선 이렇다 할 문화적 유산들을 찾아보기 힘든 반면, 산족은 원시미술의 가장 훌륭한 모델들을 유산으로 남겨왔는데, 현재 남부아프리카 칼라하리사막 주변에 잔재하는 암각화는 모두 부시먼의 손끝에서 나온 것들이다.

현재 부시먼 암각화는 남아공에만 1만5천 점 정도가 존재하는 것으로 알려져 있으며, 아프리카 남부 지역 전체로는 5만 점 이상으로 추정하고 있다. 결코 적다고 할 수 없는 양이지만 부시먼들이 세계에서 가장 오래된 인류인 점을 감안하면 많은 양이라고도 할 수 없다. 암각화는 특성상 풍화에 노출될 수밖에 없는 구조를 가지고 있다. 현존하는 것들도 보존 상태가 양호하지는 않으며, 정확한 제작연대를 측정하는 것 또한 매우 어려운 일일 것이다. 현재까지의 측정 결과 부시먼의 암각화 중 가장 오래된 것은 나미비아의 한 동굴에서 발굴된 것으로 돌판 위에 목탄으로 그린 것이다. 목탄에 대한 탄소연대측정 결과 기원전 2만5천 년에서 2만8천 년쯤 그려진 것으로 추정하고 있다.

부시먼의 암각화는 대부분 부족의 문화적 전통과 조상으로부터 물려받은 지혜를 후세에 전달하는 기능을 하고 있는 것으로 보인다. 단순히 동굴 벽을 장식하거나 수렵채집 같은 일상을 묘사하기 위해 그려진 것은 아니라는 것이다. 아프리카의 스위스라고 불리는 남아공 드라켄스버그 지역의 암각화에서는 타 지역의 암각화에서 흔히 발견되는 영양 같은 동물들이 거의 발견되지 않는다. 부시먼의 식량이었던 동물들이 배제되었다는 것은 이 지역의 암각화들이 일상의 국면들을 담고 있는 것이 아니라는 반증이기도 하다. 이런 경우 대부분의 암각화들은 강력한 종교의식으로서 의미를 가지고 있다.

아프리카의 많은 부족들처럼 부시먼은 문자를 사용하지 않았다. 암각화에 남겨진 그들의 주술행위 또한 묘사와 상징을 통해 표현된 것들이다. 코에서 피를 흘리는 사람의 그림이 막 영혼의 세계로 들어선 주술사의 모습이며, 반인반수의 모습으로 변신한 사람 또한 동물의 초자연적 힘을 받아들이기 위해 분장한 주술사의 모습이다. 지역마다 그 의미가 약간씩 다르기는 하지만, 동물들은 각기 다른 상징적 의미를 담고 있다. 이를테면 하마는 비를 내리게 하는 힘을 상징하며, 코끼리는 조상의 영혼을 상징하고, 영양은 초자연적인 힘을 상징한다. 이처럼 그림 속의 이미지들은 의미 전달을 위한 일종의 기호로 사용되기도 하는데, 이 모든 해석은 어디까지나 연구자들의 추정일 뿐이다. 부시먼의 마음을 읽지 못한다면, 태곳적부터 전해온 그들의 언어는 영원히 해독되지 않는 별들의 언어와 같을 것이다.

# 숲은 우리의 교과서이며 백과사전입니다

◢

카루 평원의 밤하늘을 지배하던
수만의 별 무리들이 조금씩 뒤로 물러서며 그 빛이 사라져갈 무
렵 전방 우측 차창에선 뭔가 희미한 조짐이 보이기 시작한다. 곧
동이 터오르리라는 신호였다. 먹을 풀어놓은 하늘에 물기가 퍼
지는 듯 점차 옅어지는 농담의 그러데이션을 보여주는가 싶더니
이내 짙푸른 빛이 감돌기 시작한다. 평원의 하늘은 황급히 열린
다. 새벽빛은 다시 붉은 쪽으로 기울고 그 한가운데 폭발하기 직
전의 분화구처럼 꿈틀거리던 지점에서 마침내 태양이 터져나온
다. 그 빛이 어떤 보석보다 눈부시다. 태양이 지평선 위로 떠오
르는 건 삽시간의 일이다. 단순하지만 어디 한군데 가식을 숨기
지 않는 솔직하고도 대담한 일출이다. 별들은 이미 부시먼의 믿
음대로 하늘을 비워주고 모래사막으로 내려와 개미사자(명주잠자리
의 유충)가 된 지 오래다.

차를 세우고 기지개를 켠다. 몸 어디선가 으드득, 하며 비틀어
진 골격들이 제자리를 찾아가는 소리가 들린다. 한 치 앞을 분간
하기 어려웠던 안개지대를 지나 불빛 한 점 없는 어둠 속을 지나

오는 내내 긴장을 멈추지 못했던 탓이다. 더구나 차창으로 떨어져내리는 별똥별들이 집요하게 운전을 방해하지 않았던가. 평원은 고요하고 드넓었고, 광활한 만큼이나 막막했다. 뭔가 소리를 질러보려다 마땅한 말이 떠오르지 않아 그냥 야— 하고 외쳐보았다. 어디선가 왜— 하고 대답하는 소리가 들려오는 듯했다.

평원을 지나면서 유난히 눈에 들어오는 것이 개밋둑과 베짜기새들의 둥지이다. 개밋둑은 사람 키만큼이나 높게 솟아 있는 것들도 있어, 개미들이 흙을 퍼날라 만든 것이라고는 도무지 믿기지가 않는다. 얼마나 많은 개미들이 또 얼마나 많은 시간의 노동을 바쳐야 저런 둑을 쌓을 수 있을까. 드문드문 선 채로 아침 바람에 가볍게 몸을 흔들고 있는 이름을 알 수 없는 나무들마다 베짜기새 둥지들이 멜론 유의 과일처럼 매달려 있다. 베짜기새들의 아파트라도 되는 양 늙은 호박만큼 크게 지어진 것들도 이따금씩 눈에 띈다. 플레트폰테인 농장에서 만난 한 부시먼 청년의 얘기로는, 베짜기새 둥지에는 두 개의 구멍이 있는데, 알과 새끼 들은 모두 위쪽에 있다고 한다. 이유인즉슨, 뱀이 접근하면 그 무게로 인해 위쪽 구멍이 자동적으로 닫혀 새끼와 알을 보호할 수 있기 때문이란다. 뱀은 늘 아래쪽 빈 방만을 보고 그냥 가버린다는 것이다.

숲은 우리의 교과서이며 백과사전입니다. 숲에는 우리들의 삶을 둘러싸고 있는 모든 정보들이 빼곡하게 들어가 있지요. 언뜻 복잡하고 난해해 보일지 모르겠지만, 우리들에게는 그렇지 않습니다. 우리는 책을 읽듯 숲이 가지고 있는 자연의 정보들을 해독합니다. 그것은 우리가 자연의 일부이기 때문에 가능한 것입니다.

부시먼의 삶은 자연과의 완벽한 조화 속에서 이루어진다. 수백만 년 전부터 그래왔던 것처럼 앞으로 수백만 년이 지나도 부시먼과 자연 사이에는 이렇다할 만한 갈등도 변화도 없을 것이다. 그들의 생체리듬과 존재의 방식이 자연의 순환구조와 닮아 있기 때문이다. 부시먼 청년의 말처럼 그들이 자연의 일부이기에 가능한 것이기는 하지만, 자연을 읽어내는 그들의 동물적 감각은 놀라움을 넘어서 경이롭기까지 하다. 그들은 개미들이 누떼에 짓밟힌 집을 복구하는 데 소요되는 시간이나 폭풍에 쓰러졌던 풀잎이 다시 일어나는 데 걸리는 시간, 거미가 거미줄을 다시 치는 데 걸리는 시간 등을 정확히 읽어낸다. 구름의 형태와 움직임, 나뭇잎의 미세한 떨림이나 짐승의 울음소리, 곤충들의 행동도 그들에게는 모두 해독 가능한 자연의 정보들이다.

부시먼은 짐승의 발자국만 보아도 그 짐승이 어떤 종류의 것이며 암컷인지 수컷인지, 나이가 얼마나 되었는지, 건강 상태와 이동 방향은 물론이거니와 심지어는 짐승의 심리 상태까지도 정확히 설명해낸다. 발자국 옆에 배설물이 남아 있다면, 부시먼은 짐승의 일생에 대해 이야기를 들려줄 수도 있을 것이다. 그들은 사냥을 할 때도 활로 동물들을 쏜 뒤 곧바로 추격하지 않는다. 짐승들이 서 있던 곳으로 가서 그 흔적들을 확인하고 짐승이 쓰러질 때까지 인내심을 가지고 쫓기만 하면 된다. 동물의 추적에는 엄청난 기술과 지식이 동원되지만, 그들이 화살에 맞은 짐승을 찾아내는 데 실패란 없다. 사자 같은 맹수들이 방해만 하지 않는다면 짐승은 여지없이 그들의 식량이 된다.

이동중인 누는 대개 넓은 평야 지역에 그 흔적을 남기며 쿠두 영양은 언제나 빽빽한 덤불숲에 배설물을 남긴다는 것, 한낮 큰 나무 숲에 어른거리는 건 일런드 영양이기 십상이고, 사슴영양이 풀이 많은 곳을 좋아하는 이유는 빛을 반사하는 회색 털을 가졌기 때문이며, 생김새가 비슷하지만 넓은 초원지대에서 발견되는 것이 겜스복 영양인 것은 태양열에 잘 적응하기 때문이라는 것, 배설물 속에 섬유질이 많을수록 소화 기능이 약한 늙은 놈이라는 사실은 수렵에 처음 따라나서는 열댓 살 먹은 애송이들도 다 아는 사실이다.

석기시대 이래로 그들은 스스로 진화를 거부해왔다. 자연이 한결같은 모습으로 그들 곁에 존재해왔기 때문에 가능한 일이었다. 그러나 태곳적부터 자연과의 유기적 관계 속에서 삶을 지탱해온 부시먼의 존재 방식은 더이상 가능하지 않아 보인다. 빙하기의 도래와 더불어 괴멸의 길로 들어선 공룡의 처지나 다를 바 없다.

다만 그들에게 닥친 빙하기는 자연의 대전환이 아니라 외부에서 가해진 문명의 폭력이다. 온갖 굴욕과 불이익을 감수하면서 그들을 품었던 자연을 등지고 문명의 옷을 입을 것인가, 문명으로의 개종을 거부하고 괴멸의 길을 걸을 것인가. 그들은 지금 존재와 가치를 붙들고 안간힘을 쓰고 있는 것이다. 마치 아프리카의 깊은 늪에서 진화를 거부한 채 간신히 버티고 있는 폐어(肺魚, 살아 있는 화석이라 불리는 물고기. 폐호흡을 하며 중생대까지 널리 분포하였으나 급격히 쇠퇴하여 현재 아프리카와 일부 지역에 서식하고 있다)처럼.

심호흡 한번 크게 하고 땅속을 파고들어
한 이태쯤 늘어지게 잠이라도 자고 싶다
부질없는 욕망들 다 게워낸 다음
심장의 박동을 멈추고, 깊은 어느 지층
딱딱한 유선형 흙벽돌로 박히고 싶다
잠시 이승을 베고 누운 내 몸 위로
세상을 흔들며 들소떼가 달려가고
그 뒤를 사바나 푸른 초원을 휩쓸며
해일 같은 불길이 쫓아가고
밀렵꾼이 목을 축이며 지나가고
반정부군의 낡은 지프가 지나가고
내전이 지나가고, 꿈이 지나가고

개 같은 날들이 지나가고

덜 익은 희망이 지나가고

철없는 사랑이 지나가고

널 몹시 아프게 했던 상처가 지나가고

최루탄과 화염병이, 욕설과 연민이, 권태와 욕정과 술주정이 지나가고

행렬을 이탈한 난민들이 지나가겠지


더 오랜 시간이 흐른 뒤엔

쥐라기 이전부터 앓아온 열병의

유전자는 플랑크톤이 되고

고독은 화석이 되고

의식은 호박 속에 갇히겠지

우기가 시작되면

풀리는 진흙 속에서 나는 눈뜨겠지만

이 폐허의 수심을 떠나진 못하리라

폐허…… 폐— 하고 발음했을 때

터져나오는 그 파열음의 허무를,

파열하는 허무를, 허무의 파열을

썩어가는 폐를 가진 자들은 안다

—「아프리카 폐어를 위하여」 전문

# 칼라하리 초원의 제왕 심바의 생애

◆

초원에 어둠이 내리고 언덕 위로 바람이 불어올 때, 황갈색 갈기털을 휘날리며 지그시 미간을 찌푸리던 수사자 한 마리가 있었다. 낮게 그르렁거리는 소리 하나로도 주변을 쥐죽은 듯 얼어붙게 만들던 사자 무리의 리더였다. 편의상 '심바(사자를 일컫는 스와힐리어)'라고 하자. 무리를 이끌고 초원을 어슬렁거리던 심바의 눈에 멀리 한가롭게 떨기나무 이파리를 뜯어먹고 있는 겜스복 영양 한 마리가 포착된다. 힐긋 심바의 표정을 살피던 암사자들이 납작 몸을 엎드려 서서히 영양에게로 접근해 들어가다 일순간 몸을 곧추세우며 쏜살같이 달려든다. 휘둥그레진 눈으로 달아나던 영양은 얼마 달아나지 못하고 암사자들에게 제압당하고 만다. 단단한 야자열매를 박살낼 것처럼 강력한 암사자의 턱과 발 앞에 영양은 연약하기만 한 초식동물에 불과했다. 쓰러져 숨만 할딱거리고 있는 영양의 눈에 공포가 가득하다. 뒤늦게 다가온 심바는 단숨에 영양의 목덜미를 물어 숨통을 끊어놓는다. 순간 목뼈 으스러지는 소리가 들린다.

심바는 먹이사슬의 맨 꼭대기에서 초원을 지배하던 무소불위

의 제왕이었으며 일말의 자비심도 없는 포식자였다. 이상한 일
은 그런 심바가 갑자기 사냥에 심드렁한 반응을 보이면서 무리
의 주변을 겉돌기 시작했다는 것이다. 암사자가 물어오는 먹이
에도 흥미를 잃고 시름시름하는가 싶더니, 마침내 무리로부터
떨어져나와 구도자처럼 홀로 초원을 배회하기 시작한다. 연못
근처에서 하이에나 무리와 마주치자 심바는 흠칫 놀란다. 그 모
습에 고개를 갸우뚱거리던 하이에나들이 비스듬히 뒤로 물러난
다. 먹이활동을 중단한 심바는 눈에 띄게 수척해진 모습에 위용
이라고는 찾아볼 수 없는 걸음걸이를 하고 있다. 흡사 행려병자
나 패잔병의 행색이다. 연못에 코를 박고 목을 축인 심바는 초원
의 바깥을 향해 걸음을 옮긴다. 심바가 헤매고 있는 초원에 다시
며칠이 지난다.

무리로부터 떨어져나온 지 보름 정도가 지나자 심바의 몰골은
이미 피골이 상접할 정도로 야위었다. 이제 초원의 동물들은 더
이상 심바를 두려워하지 않는다. 오히려 상대를 두려워하는 건
심바 쪽이다. 걸음조차 힘에 겨워 망연히 앉아 있는 시간이 더 많
았으며, 덤불 속에서 작은 사슴 류의 초식동물들이 나타나도 꼬
리를 감아올린 채 슬그머니 자리를 피한다. 바스락거리는 소리에
도 경계심을 늦추지 못하는 처지에 이르고 만 것이다. 도대체 심
바는 왜 곡기를 놓은 것일까. 기력을 다한 심바는 휘청휘청 물웅
덩이로 가 혀로 물을 할짝거리다 급기야 통나무처럼 힘없이 쓰러

지고야 만다. 심바를 추적하면서 주시해오던 사람들 몇이 심바에게 달려가 몸 여기저기를 살피다 어금니 사이에 박힌 뼛조각 하나 빼낸다. 심바에게 죽어간 겜스복 영양의 것이었다. 간단한 응급처치를 받은 심바는 마취된 채 트럭에 실려 급히 후송된다.

오래전에 보았던 다큐멘터리의 흐릿한 기억에 살을 붙여 가공해본 한 사자의 이야기이다. 국립공원 관리인들이 심바의 이상행동을 주시하지 않았더라면 그는 자신이 지배하던 초원의 구석에서 죽어 하이에나와 독수리의 식량이 되었을 것이다. 제왕의 아사라니, 그것도 어금니에 박힌 작은 뼛조각 때문이라니, 참으로 어이없는 죽음이 아닐 수 없다. 그러나 생각해보면 어이없는 죽음의 가능성을 가장 많이 안고 있는 것은 만물의 영장인 인간들이다. 덩치 큰 동물들에게 밟혀 죽든 끈끈이주걱에 잡혀 먹히든 미물들에게는 자연의 법칙만 있을 뿐, 어이없는 죽음이란 없다.

자연의 법칙은 교묘하고 복잡해서 늘 의외성을 가지고 있기 마련이다. 자연발화에 의해 주기적으로 한 지역이 초토화되는 것은 자연의 도발이 아니라 그 자체가 자연이며, 자연은 이렇게 자신의 내부에 파괴적인 속성을 가지고 있기도 하다. 그러나 자연의 위대한 힘은 스스로 상처를 치유할 수 있는 능력에서 나온다. 지구 자체를 환경과 생물로 구성된 하나의 유기적 생명체로 간주하는 가이아 이론이 생명의 본질을 스스로 조절할 줄 아는 능력으로 파악하고 있는 것처럼, 자연의 질서에는 파괴와 회복의 과정이 다 들어 있는 것이다.

고도로 진보된 자연의 자기조절 센서를 가지고 위험한 놀이를 하고 있는 유일한 천덕꾸러기가 인간이지만, 칼라하리는 처음부터 인간 스스로 자연의 일부가 되어버린 흔치않은 경우다. 칼라하리처럼 순수한 자연의 세계 속에서 모든 동물들은 사냥을 하거나 사냥을 당한다. 그게 존재의 방식이다. 수렵이라는 인간의 언어로 고쳐부를 뿐, 이 지역의 원주민인 부시먼에게도 사냥은 삶의 가장 중요한 수단이다. 이 세계 속에서 부시먼은 재빠르지도 않거니와 날카로운 이빨이나 발톱도 가지고 있지 않은 중간 크기의 영장류일 뿐이다. 다만, 이 족속들은 매우 영리해서 불을 다루며 도구를 사용하기도 한다. 그보다 더 치명적인 것은 사냥에 곤충의 독을 이용한다는 것이다. 그 영악함으로 부시먼은 사냥이 숙명일 수밖에 없는 이 야생의 세계에서 사자를 비롯한 고양잇과의 포식자들과 더불어 먹이사슬의 정점을 차지했다. 주로 사냥을 하는 쪽이지만, 지독히도 운이 없거나 사냥의 능력이 떨어지면 어이없이 사냥을 당하기도 한다.

이야기를 거슬러올라가 심바가 무리를 떠나오기 이전의 행적을 더듬어보자. 처음 심바가 태어나 속해 있던 무리는 나중에 그가 이탈했던 무리와는 다르다. 심바 또한 보통의 사자들처럼 큰 사자들의 보호를 받고 자라다 세 살 무렵 무리를 떠나 사바나의 평원에서 거친 야생의 논리를 체득해왔을 것이다. 가장 힘이 왕성해지는 대여섯 살 무렵에 자신이 비집고 들어갈 무리를 골라 그곳의 수사자에게 덤벼들었을 테고, 한두 번의 실패 끝에 마침내 새로운 리더가 되어 군림하게 되었을 것이다. 무리의 새끼 사자들을 보호하면서 암사자들이 물어오는 먹이를 막강한 권력으로 선점해오다, 어느 날 초원에서 홀로 딸기나무 이파리를 뜯고 있는 겜스복 영양을 발견했던 것이다.

그가 기력을 회복해 다시 초원으로 돌아온다면, 인간에게 도움을 받았다는 사실이 수치스런 기억으로 남을지도 모르겠다. 칼라하리에서는 사냥감을 쫓을 때를 제외하고 자신의 모습을 당당히 드러내고 다니는 동물은 사자와 인간뿐이다. 말하자면 사자와 인간은 초원의 패권을 다투던 숙명의 라이벌인 셈이다. 그 불편한 관계는 초원의 밤과 낮을 나누어 가짐으로써 어느 정도 해소할 수 있었다. 그러나 사자의 입장에선 그 경쟁에서 자신들이 승리했노라고 여길 것이다. 초원의 낮은 주로 곤충과 벌레들만이 활동하는 빈곤한 공간인 반면, 자신들이 차지한 밤은 큰 먹잇감들이 우글거리는 풍요의 공간이기 때문이다. 초원에서 거침없이 포효하는 유일한 생물체가 자신들이며, 그 소리가 천둥소리 다음으로 크다는 것도 자신들의 우위를 반증하는 것이다. 인간들이 사냥에 나서는 시간에도 사자들은 그늘 속에서 몸을 완전히 드러낸 채 깊은 잠에 곯아떨어지지만, 인간의 마을에선 해가 떨어지면 다음 해가 솟을 때까지 아이들도 울지 않는다.

모든 고양잇과 동물들이 그렇듯 사자 또한 자신의 주변에서 벌어지는 일들에 대해 매우 깊은 관심을 가지고 있다. 인간들이 거처를 이동하거나 임시 사냥 캠프를 마련하면 하루 이틀 사이에 반드시 한 번은 사자가 다녀간다. 자신이 지배하고 있는 공간에서 일어나는 일은 죄다 알아야만 하는 것이다. 스스로 그것이 제왕으로서의 책무라고 여기는 듯하다. 사자가 캠프 주변을 어슬렁거리다 큰 소리로 포효를 하고 자리를 떠났다면 그것은 인간들에 대해 어떤 메시지를 전달하는 것이다. 그게 정확히 무슨 뜻인지는 오직 사자만이 안다. 인간들이 알아서 그 의미를 해독해야 한다니, 초원의 제왕이 사자임에는 틀림없는 모양이다.

초원으로 돌아온 심바는 자신이 속해 있던 무리로 돌아갈 수 없을지도 모른다. 이미 새로운 리더가 그 무리를 이끌고 있으며, 그 주변을 어슬렁거리기만 해도 수사자들은 거친 반응을 보일 것이다. 더구나 자신의 몸에는 아직 인간들의 냄새가 배어 있다. 물론 무리의 새로운 리더에게 도전하기에는 턱없이 힘이 빠져 있음을 스스로도 잘 알고 있다. 사냥은 주로 암사자들의 몫이었으므로 사냥에 뛰어난 것도 아니다. 난감한 심바는 제왕으로서의 자존심을 버리고 무리의 뒷전에서 먹다 남은 고기로 연명한다. 초원에 다시 바람이 불고 심바는 지긋이 미간을 찡그린다. 한결 숱이 적어진 갈기 몇 올이 심바의 몸을 버리고 바람에 날린다. 칼라하리 초원의 계절이 바뀌고 있는 중이다.

# 칼라하리는 목마르다

🌢

외계에서 바라보면 지구는 면적의 7할이 바다로 이루어져 있다. 어떤 필연성이 숨겨져 있는지 모르겠지만, 우리의 인체 또한 7할이 물이다. 그런가 하면 물은 모든 생명들을 보듬고 키워내는 신비의 물질이기도 하다. 이쯤이면 시대와 출신 지역을 막론하고 수많은 사상가들이 물을 화두로 삼지 않았을 리 없다. 고대의 서양철학은 자연에 대한 통찰로부터 시작되었다고 한다. 그들에게는 '만물의 근원은 무엇인가?'라는 질문의 답을 구하는 것이 지상 최대의 과제였던 셈이다. 그 질문에 탈레스는 단호하게 '물!'이라고 답하지 않았던가.

바슐라르에 의하면, 상상력에는 우리가 사용하고 있는 일반적인 의미의 형태적 상상력 외에 존재의 근원을 파고들어가 영원하고 원초적인 것을 존재 속에서 탐구하는 물질적 상상력이 있으며, 그 물질의 상상력을 자극하는 대표적인 것 가운데 하나가 물이다. 원초적이며 영원한 존재인 물의 이미지는 태아를 감싸고 있던 양수에서 모유로 이어지고 나아가 바다에 도달한다. 여기서 좀더 상상을 밀고 나가면, 물의 이미지는 최종적으로 순화에 닿는다. 바다는 더러워진 물을 스스로 자신의 몸 안에서 정화시키며, 다시 깊은 계곡의 맑은 샘물로 되돌리기 때문이다.

물(水)이 흐르는(去) 방식이 법(法)이라고 했다. 불가에서 법이 부처님의 가르침, 다시 말해 '진리'를 의미한다. 동서를 막론하고 인류는 물을 생명을 잉태하고 키워내며, 마침내 생명 자체를 가능하게 하는 궁극의 물질로 여겨온 듯하다. 그러나 물은 근대를 거치면서 화학식으로 $H_2O$, 즉 두 개의 수소와 한 개의 산소로 이루어진 단순한 물질로 치환되면서 그 숭고함은 사라지고 만다. 엄밀하고 객관적인 사실을 토대로 근대적 세계관은 수치와 기호에 의해 분석되지 않고 명확하게 증명되지 않는 이미지에 의한 인식을 과학의 영역 밖 아득히 먼 곳으로 추방하고 말았던 것이다.

다시 아프리카로 가보자. 무릇 물은 생명의 본질이거늘, 아프리카에서 물의 인문학적 배경을 두고 고담준론을 펼치는 것은 무례한 일이다. 그들에게 필요한 것은 당장 갈증을 해소하고 생명을 유지하는 데 필요한 물질로서의 물이기 때문이다. 물 부족으로 인해 겪는 고통은 호환, 마마, 에이즈보다 더 무섭다. 펌프 하나에 1천5백 명 정도가 매달려 산다면 그 고통의 정도를 짐작할 수 있을까. 참 빠뜨린 게 있다. 물 없이 살 수 없는 건 인간만이 아니어서, 집계 불가능한 수의 가축들도 그 펌프에 기대어 산다. 아프리카는 1인당 공급되는 물의 양이 남미의 25퍼센트 정도 수준으로 절대적으로 물이 부족한 지역이다. 아프리카 자연재해의 대부분은 가뭄과 관련된 것들이며, 물 부족으로 고통을 겪는 나라의 아낙네와 어린아이 들은 물을 찾아 길어오는 데 하루 평균 다섯 시간을 바쳐야 한다.

다시 아프리카 남부의 칼라하리로 가보자. 칼라하리가 사막의 이름이니 이곳에서 물이 얼마나 귀한지를 굳이 설명할 필요는 없을 것이다. 칼라하리에서 부시먼을 포함하여 대부분의 동식물들이 서식하는 곳은 초원지대이다. 사계절이 우리처럼 분명한 것은 아니지만 이곳에도 달이 차고 기우는 것에 따라 자연은 반응하게 마련이다. 눈에 잘 드러나지는 않지만 그 변화는 미묘하고도 정확하다. 혹독한 환경 속에서도 때가 되면 꽃들은 어김없이 망울을 터뜨리며 애벌레들이 꿈틀거리고 동물들은 제 짝을 찾아 번식에 나선다. 그 변화와 흐름을 주도하는 것은 단연 비다. 우기와 건기는 칼라하리 초원지대의 모든 계절의 시작이며 끝이다.

거대한 구름이 지상에 그림자를 드리우며 낮게 몰려와 뺨에 그늘에서 불어오는 바람의 느낌을 전해준다면, 거기에 맞춰 작은 짐승들의 움직임이 분주해진다면 곧 비가 올 거라는 얘기다. 그리고 그 구름들이 사자의 코고는 소리를 내기 시작했다면 그 비가 제법 큰 비일 거라는 얘기다. 어떤 부시먼들은 굵은 빗방울들이 대지를 마사지하듯 부드럽게 떨어지는 비를 '여자 비'라 하고, 장대비처럼 세차게 퍼붓는 비를 '남자 비'라고 한다. 이 지역에서 여자와 남자의 일이 각각 채집과 수렵인 점을 감안하면 퍽이나 어울리는 이름이다. 여자 비든 남자 비든 메마른 땅에 빗물이 스며들기 시작하면 칼라하리는 깊은 잠에서 깨어나 돌연 활기를 띠기 시작한다.

갈라졌던 진흙 바닥에 물이 고여 흐르기 시작하고 개구리들은 나무 위로 올라가 서둘러 짝짓기를 시작한다. 빗물이 흐르던 물줄기는 좀더 낮은 곳에서 실개천을 이루고 그 하천을 따라 온갖 생명의 씨앗들이 이동을 한다. 제법 물이 고인 물웅덩이의 바닥이 진흙으로 풀어지면 그 속에서 보이지 않던 생명체가 느닷없이 튀어나오기도 한다. 지난 우기의 끝에서 진흙바닥을 파고들어 거푸집을 만들고 기나긴 건기를 버틴 아프리카 폐어의 장엄한 부활이다. 식물의 뿌리들은 젖을 빠는 아기의 힘으로 물기를 빨아올려 덩굴을 자라게 하며 꽃을 피우고, 머지않아 수분을 머금고 있는 열매들과 단맛이 나는 과일들을 키워낼 것이다. 그리고 한동안 부시먼 아낙네들은 어디에서든 큰 수고 없이 식량을 구할 수 있을 것이다.

비가 잦아들고 생명의 축제였던 우기가 끝나면, 얼마 동안은 대지에 선선한 기운이 감돌겠지만 칼라하리의 모든 동식물들은 그 기간이 결코 길지 않으리란 것을 알고 있으며, 혹독한 메마름을 견뎌온 저마다의 지혜로 살아갈 준비를 서두른다. 애벌레들은 누에고치와 번데기 속에 머물 것이며 일제히 날개를 버린 개미들은 땅속 개미굴로 기어들 것이다. 철새들은 호수를 버리고 먼 여행을 떠날 것이며 물웅덩이의 작은 새들도 어디론가 종적을 감출 것이다. 그러나 그렇다고 초원에 생명의 그림자가 걷히는 것은 아니다. 이곳에서 살아가는 다양한 동식물들은 오래전부터 적은 물로도 생명을 이어가는 방법을 터득해왔다.

기린은 나뭇잎에서 섭취하는 수분으로도 살 수 있으며, 영양과 타조는 몇 모금의 물로도 거뜬히 건기를 넘긴다. 물웅덩이의 바닥이 갈라져도 멜론 유의 과일이나 아침이슬로 섭취하는 수분으로도 충분하다. 떨기나무를 비롯한 나무들은 땅속 수분이 있는 곳까지 뿌리를 뻗거나, 덩이식물들은 알뿌리나 뿌리줄기의 형태로 수분을 함유한 채 땅 속에 묻혀 있다. 그러나 이 모든 존재 방식들은 환경에 적응하기 위한 몸부림이었을 뿐, 그런대로 견딜 만한 수준의 조건은 물론 아니다.

부시먼들 또한 타조 알을 이용해 물을 저장하거나 동물적인 감각으로 찾아내는 덩이식물들을 통해 수분을 얻는다고는 해도 목마름을 해결해줄 수 있는 건 아니었다. 부시먼들이 이 악조건의 땅에 뿌리내렸던 건 아이러니하게도 바로 그 악조건 때문이었다. 그들은 살아갈 수 있었지만 다른 인종의 사람들은 살 수 없었으므로 어떤 이민족들도 함부로 그들을 약탈하거나 귀찮게 하지 않았기 때문이다. 이민족들을 불러들여 결국 파멸의 길로 들어서게 되었던 것이 좀더 편리해지기 위해 팠던 우물 때문이었다니 이 또한 아이러니가 아닐 수 없다.

부시먼에게 활 다음에 가장 중요한 물건을 하나 고르라고 한다면 그건 아마 타조알일 것이다. 칼라하리에 타조가 살지 않았더라면 부시먼은 일찍이 멸종했을지도 모른다. 어떻게 타조라고 하는 날지도 못하는 커다란 새가 그곳에 살고 있어서 그들에게 생존의 가장 중요한 도구를 주었는지 생각할수록 신기하기만 하다. 어쨌거나 그들에게 타조 알은 자연이 가져다준 최고의 선물이다.

부시먼이 타조알을 활용하는 방법은 이렇다. 타조가 없는 틈을 타 알을 훔친다. 타조에게 들켰을 경우 타조알을 얌전히 내려놓고 빛의 속도로 달아나야 한다. 타조는 1백 킬로그램을 훌쩍 넘는 몸으로 시속 60킬로미터 이상의 속도를 내며, 발에 걸어채면 내장이 파열될 수도 있는 위험한 동물이다. 훔친 알에 날카로운 돌로 구멍을 내고 돌을 돌려가며 구멍을 다듬는다. 나뭇가지를 구멍에 넣어 휘휘 저은 다음 부족한 단백질을 채운다. 유의해야 할 점은 혼자서 다 먹을 수 없을 만큼 양이 많다는 거다. 빈 공간에 물을 채우고 나뭇잎을 돌돌 말아 마개로 삼으면 어지간한 충격에는 깨지지도 않는 훌륭한 물병이 된다. 물을 채운 타조알들을 땅속에 묻어두면 건기가 절정에 달해 지상의 물줄기가 바짝 마를 무렵 매우 요긴하게 사용할 수 있다.

칼라하리는 목마르다

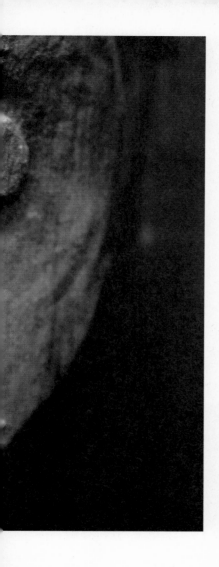

아프리카를 두고 마법이 지배하는 땅이라
설명하는 이들이 있다. 스스로를 문명인으로
규정하고 아프리카를 그 대척점으로 여겨
야만이라 지칭했던 부류들이다. 그들이 말하는
마법이란 비이성과 불합리를 의미한다.
가가멜의 마법에 걸린 스머프. 그들의 눈에 비친
아프리카인들은 우스꽝스러운 모습이었다.
합리(合理)란 이치에 합당하다는 말일 텐데,
그들이 믿던 이치는 새로운 시대에 접어들어
그 행방이 묘연하다. 이성 또한 인류에게 숱한
갈등과 고통을 남겨놓은 채 말이 없다. 국가와
종교와 이념이 어떻게 합리적인가? 가족과
개인의 실존을 어떻게 합리적으로 설명할
것인가. 세상엔 합리라는 이름으로 설명되지
않는 것들이 너무도 많고, 경우에 따라선 자연에
가까이 있는 아프리카인들의 삶이 오히려 깊고
단단해 보인다.

그들에게 가난은 누대에 걸쳐 세습되어온
고단한 운명처럼 보인다. 그러나 그건
어디까지나 이방인의 시각이다. 그들에게
가난은 삶 자체를 왜곡하거나 굴절시키는
것이 아니라, 단지 물질적 욕구의 불충족에
지나지 않는다. 그들의 표정이나 행동은
가난을 즐긴다는 착각을 불러일으킬 정도로
가난에 대해 심각하지 않고, 도시에서
멀어질수록 더욱 그렇다.
그들이 문명세계의 사람들에게 묻는다.
당신들의 속도에 대한 집착과 경쟁이
인류에게 어떤 도움을 주는가? 그리고
그 경쟁 속에서 당신은 행복한가? 살아남기
위해서 어쩔 수 없이 쫓아야 하는 것이라면
당신들이야말로 원시인 아니겠는가? 차라리
우리처럼 사냥감이나 쫓는다면 배고픈
이웃의 허기를 채워줄 수 있기라도 하지……

열매를 발견하면 씨앗이 될 만큼은 반드시
남겨놓고, 벌집은 꿀을 딸 만큼 큰 것이
아니면 건드리지 않으며, 사냥이나 채집
활동은 그날 먹을 만큼의 양 이상은 절대
들고 귀가하지 않는다는 것이 부시먼의
율법이다. 그런가 하면 반건조지대의
우물가로 목을 축이러 오는 짐승들은 절대
사냥하지 않는다는 불문율도 조상 대대로
지켜왔다. 그들은 이웃이나 다른 부족과
갈등이 있어도 절대 싸우는 일이 없다.
할아버지가 그랬고 아버지가 그랬던 것처럼,
모닥불가에 둥그렇게 둘러앉아 지혜를 모으는
것이 유일한 해결 방법이다. 따라서 부시먼의
역사에는 내세울 만한 전사(戰史)도 전리품도
없다. 늘 이동하므로 뛰어난 건축물도 없고,
체계적인 종교가 없으므로 성전(聖殿)도
경전(經典)도 있을 리 없다. 무덤에도 돌 몇
개가 놓일 뿐, 무덤을 다시 찾아오는 법도
없다. 그들은 다만 자연의 법칙 안에서,
자연과 더불어, 자연의 일부로 가장 간소한
삶을 살아왔을 뿐이다. 슈미츠드리프트

부시먼 전통의회 지도자 카피롤로 마리오
마홍고는 이렇게 말한다.
"우리는 지금도 우리 주변의 힘든 변화들을
단순성으로 해석하려는 경향을 가지고
있습니다. 이러한 점이 바로 외부인들이
우리의 문화에 매혹되는 이유이기도 합니다.
그러나 그와 관계없이 우리는 우리가 여전히
자연의 사람들이라는 데 자부심을 가지고
있습니다. 이제 생활에서 자연이 반드시
필요한 것은 아닌 세상이 되었습니다. 하지만
우리는 여전히 자연적인 삶의 원리에 따라
살고 있습니다. 세상이 힘든 곳으로 변해가고
있다고 말합니다. 하지만 세상 자체가 바뀐
것은 아니며 그 책임은 인간에게 있습니다."

부시먼들은 철기문명을 거치지 않은
사람들이다. 철기문명을 지닌 서부
니그로인들이 남하해왔을 때, 그들에게 땅을
내주고 칼라하리 사막으로 삶의 무대를
옮겨간 것은 그들의 생활방식이 석기시대에
머물러 있었기 때문이다. 그들에게는
동물을 사냥할 때 사용하는 작은 활 하나만
있을 뿐, 사람을 대상으로 하는 무기가
전혀 개발되지 않았다.
전통적으로 남자는 수렵, 여자는 채집활동을
해 생활하며, 보통 50명 내외의 밴드
단위로 이동생활을 해오던 부시먼들에게
문명이란 거추장스러운 것이었는지도
모른다. 그들에겐 왕이나 부족장 같은
정치 지도자들이 없다. 다만 밴드 내의
연장자나 사냥 솜씨가 가장 뛰어난 사람의
인솔하에 사냥을 하고 이동을 할 따름이다.
따라서 이동에 방해가 되는 물건들은 만들
이유도 없었고 애초에 소유할 생각도 갖지
않았으며, 다른 부족들과 전쟁을 도모할
일도 없었다. 권력이나 전쟁 같은 것들은
처음부터 그들의 사전에 존재하지 않았던
개념들이다.

누구도 오길 꺼려했던 칼라하리 사막이
부시먼들에겐 최후의 보루였다. 이곳에서 그들은
물이 부족한 곳에서도 살아갈 수 있는 능력들을
개발했다. 수분이 함유된 멜론 유의 과실과 땅속의
덩이줄기들을 찾아내는 법을 익혔으며, 우기 때
타조알 속에 물을 담아 땅속에 저장해두었다가 건기
때 꺼내 쓰는 지혜를 터득했던 것이다. 그때까지
칼라하리는 전적으로 부시먼들의 땅이었다. 그러나
좀더 나은 생활을 위해 부시먼은 스스로 우물을
파기 시작했고, 척박한 환경 속에서 오랜 시간을
견디며 익혀온 이 능력들이 하루아침에 무용지물이
되어버렸다. 우물은 부시먼들의 생활을 편리하게
해준 것만은 아니었다. 우물은 코이족과 반투계
부족들을 이 지역으로 끌어들였고 결국 이들에게
모든 것을 빼앗기고 말았으니, 편익이 족쇄가
되어버리는 아이러니를 낳고 말았던 것이다.

인종을 피부색을 전제로 해서 백인, 흑인,
황인 등으로 분류하는 것은 매우 비과학적인
태도이며, 때론 심각한 오류를 낳기도 한다.
왜냐하면 세상에는 눈처럼 순백의 피부를 가진
사람들이 존재하지 않는 것처럼 석탄처럼 새까만
사람들도 존재하지 않기 때문이다. 인종에 따라
신장과 외모, 얼굴 등 신체적 특징이 다양한
것처럼 피부의 색 또한 다양하다. 가장 검은
인종인 니그로이드도 자신들의 사회에선 정도에
따라 피부색이 밝은 사람과 어두운 사람을
구분한다.

문자에 의한 기록에 둔감했던 아프리카의 역사를
거슬러올라가는 일은 사하라 사막의 한복판에서
길을 찾는 것처럼 난감하다. 전통적으로
아프리카인들은 모든 기록을 구술에 의존해왔기
때문이다. 철저하게 자연 속에서 자연의 일부로
살아왔던 그들에게 역사의 기록이라는 것 자체가
무의미한 일이었는지도 모른다. 어쨌든 그들의
역사는 그들의 조상들이 그래왔던 것처럼 대대로
부족의 영토 안에서 풍화되어왔다. 물론 대자연의
질서 속에서 뭇 짐승들과 같이 길지 않은 생을
살았던 그들에게 체계적인 문자나 역사에 대한
학문적인 개념, 도구를 다루는 고도의 기술이
있었을 리 만무하지만, 온갖 은유로 빛나는 경전을
만들고 웅장한 성전이나 광장, 거대한 기념비를
건설하는 것이 그들에겐 터무니없고 부질없는
욕망의 소일거리로 비쳤을지도 모를 일이다.

아프리카의 종교적인 믿음들은 삶의 의미나 만물의
기원, 생의 목적과 끝, 죽음과 그 극복 같은 심오한
질문들에 대해 숙고하고 있다는 점에서 매우
철학적이다. 인간의 삶에 있어 가장 근원적이고
본질적인 부분에 해당하는 이런 질문들은 종종 '우화의
형태를 한 철학'이라고 할 수 있는 신화의 주제가
되기도 한다.

환경과 생활방식의 차이에도 불구하고, 우리가
신화라고 말하는 것들은 하나같이 세계와 인간과
동물들이 왜 존재하게 되었는지를 이야기해주며,
우리의 존재와 관련한 '성스러운 역사'를 만들어준다.
신화는 인간의 존재와 더불어 대대로 이어져온
이야기이며, 그 이야기는 결국 상상력의 산물이다.

고대의 상상력으로 만들어진 이야기들이 정보의 홍수
속에서 살아가는 현대인들에게 매력으로 다가오기는
힘들다. 지나치게 단순하기도 하고 유치하기도 해서
현대인들의 구체적인 삶 속에서는 전혀 쓸모가
없는 허황된 이야기들로 취급받는 게 사실이지만,
현대인들이 신화에 대한 관심을 포기하지 않는 것은
그 단순한 문맥 속에 심오한 진리가 담겨 있기
때문이다. 신화가 후세의 사람들에게 제시해주는
모범적인 인간행위와 삶의 방향은 시대를 초월해서
사람들을 인도하고 가르친다.

아프리카인의 사고에는 일반적으로 힘의
논리가 작용하고 있는데, 그 힘의 논리라는
것은 동물의 세계에서 보이는 약육강식과
적자생존의 논리가 아니라 세상의
모든 힘들과 융화하는 조화의 논리다.
아프리카인들의 생각에 의하면 이 세계는
힘의 왕국이며, 가장 풍요로운 삶은 최상의
힘과 조화를 이루고 있을 때 가능하다.
지고의 존재인 신은 모든 존재 가운데 최고의
힘이며, 모든 창조적인 에너지가 이 강력한
존재로부터 파생된다.
또 그들의 믿음에 의하면 인간은 '신의
숨결'이 스며 있는 고귀한 존재다. 인간의
영혼은 '인간 속에 깃든 신'이기 때문이다.
인간이 신의 영혼을 지니고 있다니……
인간이 왜 숭고한가를 설명하는 많은 말들
중에 나는 이렇게 함축적이고 문학적인
비유를 일찍이 들어본 적이 없다.

아프리카인들은 초월적 죽음에 대한 믿음을
가면과 조각상에 담아내고 있다. 조상의 영혼을
담고 있는 상징물들을 곁에 둠으로써 현세를
극복해갈 수 있는 힘을 얻고 관습과 규율을 지켜야
하는 명분을 얻는 것이다. 이렇게 선조들은 현세의
삶에 개입한다.
조상은 단지 섬겨야 하는 대상이 아니라, 끊임없이
현세와 양방향 소통을 실행하면서 적극적으로

현세와 더불어 호흡하는 영적인 존재들이다.
조상이 현세의 삶에 개입할 수 있는 것은 하늘과
땅의 권력자인 신들과 더불어 현세적 삶의 '수많은
목격자'들이기 때문이다. 그들은 지상에서의 인간
행위를 지켜보는 관중이요 심판관이며, 불운과
난관을 극복할 수 있는 섭리의 힘이기도 한 것이다.
아프리카의 가면이나 조각상에서 느껴지는 영적인
힘은 이런 사정들을 배경으로 한다.

문화적 배경을 간과하거나 아예 관심조차 두지 않을
때, 아프리카의 미술은 뭔가 서툴고 거칠며, 예술적
유아기에서 벗어나지 못한 것, 다만 우리에게
익숙하지 않음으로 인해 지적 또는 시각적 호기심을
유발하는 물건들로밖에 보이지 않는다. 아프리카
전통미술에는 작품의 형태와 장식, 문양의 의미
등이 실타래처럼 복잡하게 얽혀 있지만, 거기에는
반드시 실마리가 존재한다. 실마리를 찾아 실을
따라가보면 복잡하게 얽혀 있던 실타래가 풀리면서
우리는 비로소 아프리카라는 비밀스러운 문을
통과하게 된다. 그리고 그 문에 들어서는 순간
영혼들이 숨쉬는 검은 대륙을 만날 수 있으며,
종교와 예술의 원형들이 삶 속에서 꿈틀거리는 것이
보이고, 대자연을 가득 채우고 있는 생명력과 온갖
짐승들의 울음소리를 듣게 된다.

나는 아프리카 미술과 더불어 흔히 거론되는 '원시미술(Primitive Art)'이라는 개념에 동의하지 않는다. 그것은 19세기의 인류학자들이 당시의 유럽을 사회 진화의 종착점으로 여긴 데에서 비롯된 개념이기 때문이다. 서구의 학자들이 제3세계의 미술을 연구하기 시작한 것은 이른바 '진화'라는 개념이 모든 학문에 번져나가던 19세기 후반이었으며, 미술을 인류의 물질문화가 진보해 가는 과정의 반영이라고 생각했기 때문에 생겨난 용어에 불과하다. 이 개념은 동양 미술을 비롯해서 그리스·로마의 영향권에서 벗어난 모든 지역 미술을 원시미술로 정의해야 하는 명백한 논리적 오류를 범하고 있다.

문명과 구분하여 사용하는 원시라는 개념은 그 문명의 어떤 측면, 어떤 특징을 판단의 근거로 삼는가 하는 문제를 낳는다. 여기에 이르면 그 근거를 찾기가 쉽지 않다. 기독교적 도덕률, 과학적 지식과 기술적 성과, 합리적 사고체계? 아프리카인들은 고도로 발달한 도덕적 기준, 사회와 존재에 대한 깊은 철학을 가지고 있으며, 누구도 흉내낼 수 없는 지식과 기술로 척박한 환경을 극복해왔고, 문명국의 사회구조보다 훨씬 복잡한 부족 조직을 유지해왔다. 다양성과 상대성에 대한 폭넓은 이해 또한 문명이 갖추어야 할 덕목이라면, 여기서 '원시'가 왜 원시인지 설명할 길이 막막해진다.

원시(原始)를 거꾸로 읽으면 시원(始原)이 된다. 아프리카 미술은 원시미술이 아니라 시원, 즉 기원의 미술이다. 'Primitive Art'가 아니라 'Origin Art'라는 것이다.

아이들이 빠져나간 시골 학교의 교실은
옹색하다. 집에서 가져온 삶은 감자 몇 알을
가지고 교사와 아이들은 들판으로 나갔고,
흐트러진 책상 위로 분필 가루 같은 정적만이
내려앉는다. 이 교실에서 원어민 발음의
영어수업과 컴퓨터 실습은 이루어지지 않을
것이다. 아이들이 노래할 때 피아노 반주는
없을 것이며, 교대로 학부모가 진행하는
특별수업도 터무니없는 일이다. 그저 때에
맞춰 아이들의 소란만이 교실을 채웠다
빠져나갈 것이다.
이 교실에 없는 것이 또 있다. 컴퓨터가
없으니 게임에 빠져 있는 아이가 없고,
부모가 일을 마칠 때까지 어울려 놀아야 하니
'왕따'가 없고, 무모한 경쟁이 없으니 이유
없는 시기와 힘겨루기가 없다. 달리 없는 게
아니라, 그저 없어서 없는 것일 뿐이다.

섬유질이 풍부한 곡물류를 주식으로 삼는
아프리카에서도 빼놓을 수 없는 식재료가
옥수수이다. 특히 동남부 지역에서 그렇다.
그들에게 흉년이란 기근으로 옥수수
농사가 안 된 경우를 말한다. 옥수수를
이용한 대표적인 음식이 옥수수 백설기
같은 음식이다. 케냐, 탄자니아, 우간다
등에선 '우갈리'로 짐바브웨에선 '삿자'로
남아공에선 '은씨마'로 불린다. 맛이 이름만큼
다양하지는 않고, 자극적인 음식에 길들여져
있는 한국인들의 입맛에는 대체로 밍밍한
편. 곁들여 먹는 스튜나 야채 등에 의해 이
음식의 맛이 결정된다. 항공기 승무원에게
얻어온 튜브형 고추장이 진가를 발휘할 때가
바로 이 음식을 먹을 때다.

물론 현지인들에겐 그렇지 않겠지만, 과일이나
채소, 고기처럼 순전히 사람의 노동력에 의해
생산되는 식품들은 값이 저렴하다. 특히 마트나
재래시장이 아닌 길거리의 노점은 웃돈을 얹어주고
싶을 정도다. 그러나 그 이유보다 노점이 반갑고
유용한 건, 지역에 대한 정보를 손쉽게 얻을
수 있기 때문이다. 특히 처음 와보는 마을에서
아무개씨를 찾아가야 할 경우, 간단한 몇 개의

정보만으로도 그의 거주지를 정확하게 짚어낸다.
노점상들은 대부분 여자들이며 쾌활하고 친절하다.
굳이 필요하지도 않은 과일을 사지 않더라도
찾아가는 곳의 약도를 얻어내는 것쯤이야 문제가
없다. 그러나 약도의 해독이 고대의 보물지도처럼
가물거린다면 과일 몇 알을 사 가방에 넣어도 좋다.
옷소매를 끌고 가서 찾는 사람과 대면시킬 수도
있을 테니까.

'베짜기 새(weaver bird)'의 건축술은
경이롭다. 주변의 나뭇가지와 풀들을 물어다
베를 짜듯 엮어 거대한 아파트를 만들었다.
둥지의 냉난방을 고려해 출입구를 밑에 두게
했다. 이 놀라운 건축의 시공은 수컷들에
의해 이루어진다. 자신의 둥지가 완성되면
둥지 아래에서 화려한 날갯짓으로 암컷을
유혹한다. 집을 마련했으니 당신은 몸만 오면
된다는 신호다. 암컷의 꼼꼼한 내부점검을
거쳐야만 비로소 짝짓기에 들어갈 수 있으니,
일가를 이루기 위해 집부터 마련해야 하는 건
새나 사람이나 수컷의 숙명적인 과제이다.

아프리카의 클러버들은 라이브를 즐긴다.
믹싱한 전자음과 현란한 사이키 조명 대신
뮤지션의 연주와 육성에 환호한다. 유독
자주 들리는 음악이 레게풍의 곡들인데,
특히 밥 말리는 숭배의 대상처럼 여겨진다.
자메이카에서 태어나고 활동했으나,
아프리카를 영혼의 거주지로 삼고 온몸에
암이 퍼져 죽을 때까지 반전과 평화,
혁명의 메시지를 던져온 그에게 아프리카의
청춘들이 열광하는 것은 당연한 일이다.
아프리카의 클럽에선 굳이 몸 흔들지 않아도
좋다. 음악에 몸을 맡긴 채 흐느적거리듯
춤추는 모습을 바라보는 것만으로도 즐겁다.
타고난 리듬감과 유연성에 넋을 빼앗기기
일쑤다.

나마콸란드. 나미비아 남부에서 남아공에
걸쳐 있는 대서양 연안 지역을 말한다.
설악산의 단풍이 능선을 타고 남하할 때쯤,
그곳의 들판은 온통 들꽃으로 뒤덮인다.
들꽃을 밟지 않고는 지나갈 수 없을
정도인데, 차마 저 싱그러운 꽃송이들을
다치게 할 수 없으니 걸음을 옮기는 게
지뢰밭만큼 조심스럽다. 누구 하나 돌보는
이 없어도 때만 되면 들판을 점령하는
들꽃의 군락을 보고 있노라면, 아름다움을
창조한다는 인간의 짓거리들이 죄다 부질없이
느껴진다. 예술가라면 잠시 손을 놓고 자연의
섭리에 심취해도 좋을 계절이다.

인간 속에
깃든 신

# 쇼나 조각이라는 바이러스

●

　　　　　　　　어느 날 내 일상에 아프리카 미술이라는 벼락이 떨어지면서 사지를 마비시켰던 게 전 세계가 희망과 기대에 부풀어 새천년을 맞을 준비를 하던 무렵, 그러니까 벌써 10년을 웃도는 일이다. 인류가 맞이한다는 세번째 밀레니엄. 뭔지 모르지만 어떤 거대한 변화의 물결이 우리를 덮칠 거라는, 그리하여 우리의 삶은 이전과는 다른 차원에서 전개되리라는 막연한 몽상이 지구를 덮고 있었다. 그 무렵 나는 우연히 접하게 된 '쇼나 조각'이라는 바이러스를 통해 아프리카 미술의 열병에 감염되고 말았다. 열병은 무병(巫病) 같았다.

　문학과 출판 사이를 오가며 밥벌이를 하던 내겐 느닷없고 뜬금없는 일이었다. 어쨌거나 그 후로 난 비루먹은 강아지처럼 이유 없이 시름시름 앓거나, 퀭한 눈으로 아프리카 미술의 낯설고 기괴한 이미지들 속을 헤매는 일이 잦아졌다. 서점과 도서관을 뒤지며 쇼나 조각에 대한 자료를 구했으나, 당시에는 책자의 형태로 된 자료는 고사하고 쇼나 조각으로는 검색되는 내용 자체가 전무했다. 할 수 없이 인터넷의 힘을 빌렸다. 물론 해외 사이트들을 통해 자료를 입수할 수밖에 없었다.

어떤 마법의 힘이라도 작용하는 것처럼, 서서히 눈을 떠갈수록 쇼나 조각은 더욱 강렬한 흡인력으로 나를 매혹했다. 과감한 생략과 단순화된 형태, 그 형태 속을 섬세하게 흐르는 선과 면, 부분적으로 거칠게 다듬어져 있는 듯하면서도 전체적으로 묘하게 자연스러움을 이끌어내는 탁월한 조형 감각, 자신들의 문화적 정체성과 현대적 조형에 대한 조화로운 이해, 자연에 대한 순응과 폭발적인 생명력의 표현, 무엇보다도 작품 속에 스며있는 인간과 사회에 대한 신뢰와 포용의 정신이 나를 매료시켰던 것이다.

내게는 쇼나 조각이 흥분으로 가득한 기대였으며, 막연한 몽상이기도 했다. 그리고 이런 기대와 몽상은 마침내 잘 다니고 있던 멀쩡한 직장에 사직서를 던지는 사태를 불러오고야 말았다. 물론 그 기대를 실현시키기 위해서였다. 국내 전시를 통해 그 존재를 알리고자 했던 것, 내가 아닌 누군가가 그 일을 했더라면 굳이 내가 나설 필요가 없던 일이었다. 그러나 공교롭게도 내가 만난 어떤 이들도 쇼나 조각에 대해 아는 이가 없었다. 아프리카와 관련한 나의 중대한 선택이 알려지자 주변에서 우려의 말들이 들려왔지만 개의치 않았다. 쇼나 조각의 미학적 완성도와 문화적 의미에 대한 확신이 있었기 때문이다. 그리고 퇴직금을 밑천 삼아 생면부지의 땅 아프리카로 향했다.

'돌에 깃든 검은 영혼의 신비'라는 부제를 달고 있는 '아프리카 쇼나 현대조각전'(2001, 성곡미술관)은 그렇게 열리게 되었다. 두고두고 감사할 일이지만, 당시 미술관 학예연구실장이었던 전준엽 화백은 두 달에 이르는 전시기간과 미술관 본관 전실을 흔쾌히 내주었다. 미술관으로서도 기대가 큰 전시라고 했다. 기획안과 경험 없는 얼치기 기획자의 의지만 확인하고 전시를 허락해주었던 건 크나큰 배려였다.

전시가 시작되자 화단과 미디어의 반응은 기대 이상이었다. 물론 관람객 또한 연일 장사진을 이루었다. 쇼나 조각에 대한 나의 기대와 몽상, 확신이 그대로 적중했던 것이다. 아프리카에서 확인했던 쇼나 조각의 현장은 첨단의 도시문명 속에 젖어 있던 아시아의 한 청년에게 감동으로 와 닿기에 충분한 것이었다. 특히, 작품에 임하는 자신들만의 신념과 재료를 다루는 방식은 내가 알고 있던 조각의 제작 방식과는 판이한 것이었다.

쇼나 조각은 전적으로 작가의 수작업에 의해 제작되는데, 하나의 작품을 완성시키는 데 수십만 번의 망치질과 사포질이 요구된다. 제대로 된 망치질에 손톱만큼의 돌이 떨어져나갈 뿐이며, 돌을 연마하는 것은 오직 사포뿐이다. 그러니 작품 하나하나가 집약된 육체적, 정신적 노동의 산물이라고 할 수 있다. 작품의 디자인은 철저하게 작가의 직관에 의해 이루어지며 밑그림 또한 없다. 따라서 누가 작품을 도와줄 수 있는 것도 아니다. 그들에게 조각은 오로지 자신의 직관과 노동, 전적인 작가 책임하에 이루어지는 고독한 작업이기도 하다.

혹자는 이렇게 말할 수도 있을 것이다. 현대의 돌 조각은 작가의 아이디어와 디자인만 있으면 나머지 작업은 기계에 의존하거나 전문 제작자에게 일임해도 무방하지 않느냐. 그러나 그것은 쇼나 조각가들에게는 불가능한 일이다. 그들에게 조각의 재료가 되는 돌은 매우 신성한 물질이다. 단순한 재료가 아니라는 것이다. 쇼나 조각이 이루어지고 있는 짐바브웨는 국호 자체가 '돌로 만든 집'이라는 의미를 가지고 있으며, 화폐와 공문서에 새 형상의 돌 조각과 밸런싱 록(Balancing Rock)이라는 신령스러운 바위의 모습이 박혀 있다는 것은 그들이 돌을 어떻게 받아들이고 있으며, 또 어떻게 다루고 있는지 짐작할 수 있는 대목이다.

위와 같은 이유로 쇼나 조각의 작업에는 세 가지의 중요한 원칙이 적용된다. 첫째, 서로 다른 돌을 접착하거나 연결하지 않는다. 둘째, 돌을 조각함에 있어 기계를 사용하지 않는다. 셋째, 돌 조각에 착색을 하지 않는다. 이 원칙들은 그 안에 신령함을 담고 있는 돌에 대한 인간의 기본적인 예의에 속한다. 인위적 조작을 최대한 배제하며 돌의 물성을 배반하지 않는 것, 이것이 바로 쇼나 조각의 시작이라고 할 수 있으며, 쇼나 조각의 자연스럽고 순수한 아름다움이 거기에서 나온다고 할 수 있다.

쇼나 조각이 우리에게 가져다주는 미덕 가운데 하나는 우리에게 아름다움을 바라보고 이해하는 또다른 시각을 제공한다는 것이다. 우리는 언제부턴가 서구인의 눈으로 예술을 바라보는 데 익숙해져 있다. 그러나 아이러니하게도 서구의 저널과 비평가, 컬렉터들은 쇼나 조각에 열광적인 기립박수를 보내왔다. 지난 세기 중후반부터의 일이다. 아직 낯설게 느껴질 수도 있겠지만, 가능한 모든 고정관념들을 버리고 벌거벗은 눈으로 이 조각작품들을 바라본다면, 마티스와 피카소가 왜 그렇게 아프리카에 열광했는지, 아프리카 미술이 왜 20세기 현대미술의 정신적 원천이라고 일컬어지는지 느낄 수 있을 것이다.

부디 바라건대, 쇼나 조각 작품들을 바라볼 때 마음을 활짝 열어두시기 바란다. 아프리카에 대한 모든 지식과 이미지들을 가능한 지워버리고, 어떤 고정관념에도 물들지 않은 아이들의 순수한 눈으로 보아주셨으면 한다. 전시관에 머무는 동안 핸드폰은 잠시 꺼두시기 바라고, 도록과 전시를 통해 이제껏 보아온 작품들에 대한 느낌과 현대예술에 대한 이론들도 잠시 가방에 넣어두셨으면 한다. 그리고 작품들이 텅 빈 마음속에 채워주는 것에 귀 기울여주시기 바란다. 무언가 들려온다면 대화를 나누어도 좋다. 남부 아프리카 한 나라의 예술가들이 전하는 자신들의 문화와 삶, 그리고 예술에 대한 이야기들이다.

# 풀리지 않는 신비의 건축술

◆

'그레이트 짐바브웨'는 짐바브웨의 수도 하라레에서 320킬로미터 가량 떨어진 마스빙고 지역에 형성되어 있는 거대한 돌 유적지이다. 1986년 유네스코에 의해 세계문화유산으로 등록된 이 유적지는 건축의 기법과 관련하여 아프리카를 통틀어 피라미드 다음으로 인정받고 있는 신비의 건축물이며, 사하라 사막 이남 최대의 고대 유적지이기도 하다.

과학적 연대측정법으로 확인한 그레이트 짐바브웨의 축조 시기는 대략 11세기에서 15세기에 이른다. 이 유적이 발견된 이래 수많은 가설들이 분분했지만, 최근에는 당시 이 지역에 세워졌던 카랑가족 모노모타파 왕조에 의해 축조되었다는 것이 정설로 받아들여지고 있다. 14세기에 이르러 현재의 짐바브웨에서 모잠비크에 이르는 광대한 지역에 정치적 지배를 행사했던 모노모타파 왕국은 16세기에 그 절정을 맞았으나, 이내 포르투갈의 침략에 의해 붕괴되고 말았다. 1980년 로디지아의 독립과 더불어 사용되고 있는 짐바브웨라는 국호는 이 유적의 이름에서 따온 것이며, 그 문화적 유산을 계승한 것은 짐바브웨 인구의 70퍼센트를 차지하고 있는 쇼나인들이었다.

　이 유적은 16세기에 포르투갈인들에 의해 처음 발견되어 세상에 알려지게 되었다. 이후 이 유적을 찾은 유럽인들과 영국 식민지배자들은 그레이트 짐바브웨의 웅장하면서도 정교한 축성기술에 놀랐으며, 이런 위대한 유적이 원주민인 흑인들에 의해 세워졌을 리가 없다고 단정했다. 그들은 이 건축물이 피라미드를 축조했던 이집트인들이나 한때 지중해 연안을 지배했던 페니키아인들에 의해 세워진 것이 아닐까 하고 추측했고, 솔로몬 왕의 지혜를 시험하기 위해 문제를 냈던 에티오피아 시바 여왕의 새로운 왕궁이라는 주장을 하기도 했으나, 발굴 조사 결과 카랑가 부족에 의해 세워진 것임이 밝혀졌다.

　최초의 축조 시기는 빠르게는 8세기경으로 측정되기도 하나, 대부분은 11세기부터 축조된 것으로 보인다. 이후 3백여 년간 직선적인 형태가 아닌 물 흐르는 듯한 풍부한 곡선형으로 부분적으로 계속해서 축조되었으며, 마침내 1,800에이커에 걸쳐 형성된 웅장한 석조 건축물이 완성되었다. 그러나 정작 놀라운 건 이 건축물의 규모가 아니라, 축조술이다. 잘 다듬은 화강암 벽돌로 쌓은 거대한 돌기둥과 성곽 들로 이루어진 이 유적은 돌과 돌 사이에 접착제 역할을 하는 어떤 물질도 사용하지 않았음에도 불구하고 천 년 가까이 지난 오늘날까지 큰 흐트러짐 없이 형태를 유지하고 있어 보는 사람들로 하여금 감탄을 자아내게 하고 있다.

그레이트 짐바브웨 유적에서 가장 돋보이는 부분은 돌로 쌓아 올린 벽이다. 석벽은 구릉 주변에 널려 있던 화강암으로 만든 벽돌로 축성되었다. 다른 벽면들과 마찬가지로 돌과 돌을 서로 붙여주는 회반죽 없이 서로 꼭 맞물려 있는데, 벽을 축성해감에 따라 안쪽으로 기울어진 경사면을 만들기 위해서 조금씩 안쪽으로 비껴 맞물리도록 돌을 고정함으로써 석벽을 쌓아나갈 수 있었다. 처음에는 거칠고 굵은 돌로 축성되었으나, 해를 거듭할수록 축성 기술이 정교해져 벽돌의 크기가 보다 조밀하고 일정해졌으며, 사문석을 사용하여 석벽의 표면과 마무리가 뛰어나다.

그레이트 짐바브웨 유적은 크게 세 부분으로 나뉜다. 언덕 위에 우뚝 솟아 있는 아크로폴리스와 직경 100미터, 원주둘레 250미터에 달하는 석벽과 그 사이에 자리잡고 있는 골짜기의 유적이 그것이다. 초기에 이 유적을 조사했던 학자들에 의해 이 유적이 솔로몬 왕의 전설에 등장하는 금광으로 번영을 누렸던 오필 왕국의 수도였다거나, 그레이트 짐바브웨를 건설한 것이 아라비아 출신의 북방민족이라는 엉뚱한 발표가 잇따르자 전설 속의 황금을 찾아 몰려든 도굴꾼들에 의해 순식간에 폐허가 되고 말았다.

그레이트 짐바브웨의 규모로 볼 때, 대충 1만 명 이상의 인구가 그레이트 짐바브웨 주변에 살았던 것으로 추정되며, 2백에서 3백 명가량의 지배 계층들만이 그레이트 짐바브웨의 내부에 살았던 것으로 추측된다. 언뜻 보기에는 이 거대한 벽은 순수하게 방어 목적에서 축조된 것으로 여겨진다. 그러나 학자들은 돌벽들이 과연 전쟁의 목적으로 건축되었는지에 대해서 의문을 제기하고 있다. 이 벽들은 권위를 보여주는 상징물로 왕족의 사생활을 보호하고 평민들로부터 그들을 격리시키기 위해 고안된 것이라는 주장이 설득력을 얻고 있다.

이 유적의 또하나의 미덕은 웅장하면서도 우아한 곡선미와 기품을 지니고 있다는 것이다. 모든 벽과 벽이 직각으로 만나는 것을 찾아보기 힘들 만큼 건축 전체가 곡선을 바탕으로 하고 있다. 이러한 건축의 조형적 아름다움은 그 안에서 발견된 돌 조각들과 더불어 20세기 후반에 다시 한번 유럽인들을 놀라게 했던 쇼나 조각의 태동을 예감하기에 충분하다. 비록 쇼나족이 그레이트 짐바브웨를 축조하진 않았으나, 15세기 이후 이 지역을 떠났던 카랑가족의 문화적 유산을 이어받아 사하라 이남 유일한 석조문명의 영광을 쇼나 조각을 통해 증거하고 있다고 보아도 마땅할 것이다.

짐바브웨는 'zi(big) - mba(house) - bwe(stone)'의 의미들이 조합되어 생성된 언어다. 유적의 이름에서 국호를 차용하고 있으며, 이 유적 가운데 돌탑의 이미지를 모티프로 새로 단장한 공항의 상징탑을 건축한 점, 화폐를 비롯하여 국가의 공문서에 '돌'과 관련한 상징물들을 사용하는 점 등은 이 나라가 오래전 이 땅에서 싹텄던 석조문명에 대해 얼마나 자긍심을 가지고 있는지 알게 해준다. 하라레 외곽 에프워스에는 '치렘바 밸런싱 록'이 있다. 자연이 만든 것이라고 믿기 힘든 기묘한 형상을 하고 있는 바위 탑이다. 세 개의 커다란 바위가 절묘하게 균형을 이루며 서 있는 바위는 짐바브웨의 모든 화폐에 디자인되어 있다. 그레이트 짐바브웨와 짐바브웨 버드, 치렘바 밸런싱 록과 쇼나 조각 등 짐바브웨인들의 정신과 문화를 대변하고 있는 상징물들은 모두 '돌'이거나 돌로 제작된 것이다. 짐바브웨는 천상 '돌'의 나라이다.

# 현재진행형으로서의 미술

🌢

　　　　　　　　　　　　쇼나 조각이 국제사회에 알려지기 시작한 건 1970년대부터이다. 1970년을 전후해 뉴욕 현대미술관과 파리 현대미술관, 로댕미술관에서의 전시를 통해 그 존재를 알리기 시작했으며, 그 전시와 때를 같이하여 본격적인 비평 작업도 이루어지기 시작했다. 제3세계의 미술을 세계의 중심무대로 가져가 선보인다는 것 자체가 대단한 모험이었지만, 이 시도는 기대 이상의 찬사를 받으면서 자만심으로 가득 찬 유럽 예술계에 아프리카 미술의 입지를 확보하는 계기가 되었다.

　서구의 관점에서 볼 때 쇼나 조각의 등장은 매우 이례적인 사건이었다. 제3세계 예술의 경우 그 평가와 자리매김의 과정이 그처럼 신속하고 일사불란하게 이루어진다는 건 상상하기조차 힘든 일이다. 어쨌든 쇼나 조각은 그 존재를 알리면서 곧바로 세계적으로 권위를 인정받는 유수 언론들의 관심과 주목을 이끌어내기 시작했다. 뉴스위크와 뉴욕 타임스는 각각 쇼나 조각의 의미를 다음과 같이 요약한 바 있다. "쇼나 조각은 금세기 아프리카에서 나타난 가장 중요하고 새로운 예술 양식이다." "아프리카의 다른 지역에서 발견되는 예술과는 달리 쇼나 조각은 유일하게 예술적인 표현 형식을 구현한, 토착성이 강한 현대예술의 한 양식이 되었다."

'토착성이 강한 현대예술의 한 양식'이란 말은 얼핏 비평가들이 궁할 때 습관적으로 사용하는 말처럼 들린다. 어떤 특정 지역의 예술을 두고 얘기할 때, '토착성과 현대성의 어우러짐'이라는 말이 무책임하게 사용된 예들을 나는 너무 많이 들어왔다. 그런 말들에 무책임이라는 수식을 다는 것은 그렇게 시작하는 말들이 대부분 근거가 미약하거나 설명이 부족한, 단지 말을 위한 말에 지나지 않는 경우가 많기 때문이다.

아프리카적 토착성과 현대적 예술 양식…… 그러나 생각해보면, 쇼나 조각에 관한 한 그 말은 매우 함축적이면서 정확한 지적으로 들린다. 쇼나 조각은 토착성으로 말하자면 서부 아프리카 전통 나무 조각에, 현대성으로 보자면 서구 조각에 미치지 못한다. 그럼에도 불구하고 쇼나 조각이 짐바브웨를 벗어나 국제무대에서 화려한 데뷔를 할 수 있었던 건, 아프리카의 문화적 전통성과 쇼나인들의 뛰어난 조형 감각, 현지에서 생산되는 재료에 대한 친숙함과 순수한 표현 방식, 그리고 현대적인 조형미가 적절히 어우러져 있기 때문에 가능했던 것이다.

표면적으로 드러나는 쇼나 조각의 특징은 대충 다음과 같다. 첫째, 짐바브웨라는 나라 안에서 이루어지고 있다는 공간적 특징. 둘째, 간혹 짐바브웨를 벗어나 잠비아나 남부 아프리카 등에서 제작되는 경우가 있기도 하나 이것은 재료의 이동에 불과하며, 어떤 경우에도 쇼나 조각은 쇼나 부족의 정신과 정서를 반영하고 있다는 문화적 특징. 셋째, 쇼나 조각은 전적으로 현지에서 생산되는 돌을 사용한다는 재료적 특징으로 요약된다. 그러나 이것만으로 쇼나 조각을 이해한다고 할 수는 없다.

쇼나 조각을 제대로 이해하기 위해서는 무엇보다 짐바브웨 돌 조각과 일반적인 의미의 현대조각 사이의 차이점과 유사점을 비교해볼 필요가 있다. 쇼나 조각이 서양의 종교적인 조각과 어떻게 다르며, 쇼나 조각의 아프리카적인 특징들은 무엇인가 하는 점도 빼놓을 수 없다. 그리고 아프리카 미술을 얘기할 때 흔히 떠올리게 되는 부족미술과의 연관성 역시 알아야 할 필요가 있다. 이것들을 규명하지 않고는 '토착성이 강한 현대예술의 한 형식'이란 말은 항아리 속의 공허한 울림에 불과하다. 숱하게 들어왔던 비평가들의 그 무책임한 말들처럼.

쇼나 조각의 제작 과정에서 가장 중요하게 다루어지는 것은 작품에 임하는 작가 자신의 정신이다. 다시 말하면, 돌의 형상에 담아내고자 하는 작가의 사상과 상상력, 개성과 의도가 작품을 완성해가는 가장 큰 원동력이자 추진력으로 작용한다. 쇼나 조각은 이러한 작가의 자기표현 욕구, 그리고 가능한 한 돌이라는 소재에 충실하려는 욕구 등으로부터 비롯된 것이다. 조각가들은 독특하고 분명한 자기만의 스타일을 가지고 있는데, 이것은 주제를 표현하는 방식이나 재료를 다루는 나름의 방법에 대한 확신을 의미하는 것이다.

일반적인 의미에서 쇼나인들은 공통의 전통과 문화를 가지고 있고, 또 작가들은 어떤 형식으로든 이를 자신의 작업에 반영한다. 작가가 속해 있는 문화가 작업의 형식을 결정하는 핵심이라고도 할 수 있다. 그러나 실제로 완성된 작품의 스타일이 매우 다양하다는 것은 쇼나 부족의 신앙이 집단적이고 공식적인 형태가 아니라 개인적인 차원의 문제라는 증거가 된다. 즉, 조각가들 사이에 존재하는 스타일의 차이는 쇼나의 신앙과 신념이 개인에 따라 다양하게 해석된다는 사실을 보여주는 것이다. 이것이 쇼나 조각이 아프리카의 전통 조각과 다른 점이며, 동시에 현대성을 입증하는 중요한 요소 중 하나이다. 순수한 제작 과정에서만 본다면, 쇼나 조각은 작품이 작가의 자율적인 의지에 따라 제작되던 20세기 이후 서구 조각의 개념과 매우 유사하다.

그러나 이런 공통점을 가지고 서구의 조각과 쇼나 조각을 같은 영역에 놓고 보기에는 둘 사이의 거리가 너무 멀다. 소재의 다양성과 단일성이라는 차이, 소재를 대하는 마음의 태도와 다루는 방식 같은 제작상의 차이만 해도 너무 크다. 그런가 하면 쇼나 조각의 진행 과정 또한 서구 조각의 역사와 공통점이 거의 없다. 쇼나 조각의 진행 과정에서 서구의 경우처럼 '공공을 위한 조각'이라는 개념이 있었던 적은 한 번도 없었으며, 영웅을 묘사하거나 기념비적인 성격을 띤 적도 없다. 도시의 건설과 관련되거나 종교집단 혹은 정치권력과 결탁하여 발전하지 않았음은 물론이다.

아프리카 종교의 일반적 특성은 쇼나 부족의 종교관과도 상당 부분 일치한다. 쇼나족의 종교 또한 영혼에 대한 체계화된 숭배로 나타나지 않으며, 어떤 종류의 신학도, 성전(聖典)이나 계율도, 신앙을 주도할 수 있는 제도도, 종교적 권위를 가진 사람도 없다. 쇼나의 신앙은 도덕적 질서를 유지하는 데는 기여하지만, 그것 또한 교조적이고 원칙적이지는 않다. 조상의 영혼들이 주로 땅의 비옥함과 다산(多産)에 관계한다는 사실과 그것이 농촌사람들의 삶에 중요한 역할을 한다는 점을 암시할 뿐, 도시화된 사람들의 요구에 맞게 수정되거나 재형성된 적도 없다. 쇼나족에게 있어 신앙은 산 자와 죽은 자, 현실 세계와 영적 세계 사이의 매우 개인적인 문제이며 매우 포괄적인 것이다.

쇼나 조각에 반영된 종교라는 것은 표면적으로 드러나는 형상이 아닌 무형의 가치들이다. 그것은 서구의 경우처럼 이미 어떤 확고한 이미지로 형성되어 있거나, 대중들에게 공통적으로 받아들여지는 것이 아니다. 또한 종교 설화나 경전에서 주제를 가져온 것도 아니다. 아프리카의 종교에는 경전이 없으므로 기독교와 같은 체계적인 형식을 취하지 않으며, 누대에 걸쳐 입에서 입으로 전해내려오면서 사회의 규범이라는 형태로 남아 있을 뿐이다. 조각가들은 자신들의 전통을 담아낼 뿐, 서구의 종교미술처럼 친숙한 종교적 영웅들을 묘사하지 않고, 종교적 사건이나 역사적인 사건을 다루지 않으며, 도덕적인 의미를 전달하지도 않는다.

대다수의 쇼나 조각가들에게 있어 신앙이란 개인이 영혼의 세계와 접촉할 수 있게 해주는 기능을 갖는 것으로 받아들여진다. 그리고 이런 신앙관이 그대로 작품에 반영된다. 〈나의 정령〉〈태양의 정령과 나〉〈지켜보는 정령〉 등 제목에 자주 '정령'이라는 단어가 등장하는 것은 이런 점을 시사해준다. 그러나 앞서 말했듯이 쇼나 조각가들이 어느 정도 신앙에 대해 공유된 인식을 보여주기는 하지만, 그것을 다루는 방식은 매우 개별적이다. 아프리카의 부족미술, 혹은 종교미술이 정신적이거나 주술적인 기능, 혹은 의식 등으로 사회통합의 핵심적 기능들을 담당하고 있는 데 비해 쇼나 조각은 순수한 개인의 차원에서, 그것도 예술적인 재해석을 통해 다루어지고 있다는 것이 그 이유다.

전통적인 부족미술과 쇼나 조각의 근본적인 차이는 부족미술은 고대 전통사회에서 싹튼 사회적 현상의 결과물로 봐야 하는 측면이 강한 반면, 쇼나 조각은 현대예술운동의 성격을 갖고 있다는 것이다. 그렇기 때문에 그 둘 사이에는 시대와 입장의 차이가 엄연히 존재한다. 그럼에도 불구하고 분명히 전제되어야 할 것은, 아프리카적인 특징들은 쇼나 조각을 구성하는 매우 중대한 요소라는 것이다. 쇼나 조각이 보여주는 생명력과 형태를 부풀리고 강조하는 기법, 자연 소재인 돌을 순수하고 진실하게 다루는 것 등이 아프리카적 특징을 잘 보여주는 예라고 할 수 있는데, 이렇게 아프리카 부족미술과도 다르고 서구적 의미의 현대미술과도 다른 독특한 점들이 바로 쇼나 조각이 가지고 있는 매력이기도 하다.

앞서 말한 것처럼 쇼나 조각은 일반적으로 조각가가 속한 문화의 여러 가지 양상과 깊은 연관을 맺고 있다. 따라서 쇼나 조각에 대한 감상과 평가 또한 이 같은 전제를 염두에 두고 이루어져야 한다. 쇼나 조각은 그 자체가 훌륭한 예술작품이기도 하지만, 한편으로는 조각가가 속한 사회의 역사와 문화에 대해 많은 것을 우리에게 말해준다. 우리는 현재 아프리카 부족미술이라 알려져 있는 것들에서 아프리카의 전통문화에 대해 배울 수 있는 것처럼, 풍부한 문화를 함축하고 있는 쇼나 조각으로부터 짐바브웨의 문화에 대해 배울 수 있는 것이다.

# 문화적 신념에 대한 존경

◗

　　　　　　　　　모든 예술은 한 사회의 문화적
토양에서 싹을 틔우고 자라며 꽃을 피운다. 사막에 사막의 식물
이 자라고 열대림에 열대림의 식물들이 자라는 건, 토양이 식물
의 생장에 필요한 모든 요소들과 유기적인 관계를 형성하고 있기
때문이다. 당연한 얘기지만, 쇼나 조각 또한 쇼나인들이 축적해
온 문화의 기반에서 태동하고 발전해온 것이다.

　작품의 표면적인 이미지는 쉽게 읽어낼 수 있지만, 그 이미지
의 심층에 담긴 의미는 작가의 문화적 배경과 의도를 이해해야
읽어낼 수 있는 것이다. 역으로 말하면, 쇼나 조각의 예술적 평
가 또한 작품이 얼마나 효과적으로 주제를 전달하고 있으며, 그
주제가 얼마나 명확하게 문화적인 표명을 하고 있느냐에 따라
판단되어야 한다. 쇼나 조각에 대해 좀더 깊이 있게 접근하려면
쇼나에 관한 문화적 맥락들을 짚고 넘어가지 않을 수 없으며, 조
각가가 대변하고 있는 사회의 신념과 신앙에 대한 이해가 선행
될 때만이 비로소 쇼나 조각에 대한 완전한 이해가 가능해질 수
있다.

아프리카 문화의 핵심은 '관계'다. 신과의 관계, 부족 또는 이웃과의 관계, 자연과의 관계 등 이 관계들을 떠나서 나의 존재는 설명되지 않는다. 그중 가장 중요한 것은 나와 신과의 관계다. 아프리카 각 지역의 부족은 각기 다른 신앙을 가지고 있다. 또한 다양한 외양과 능력을 가진 많은 조상의 영혼들을 가지고 있으며, 각기 다른 방식으로 그 영혼과의 집단적, 혹은 개인적인 관계를 형성한다. 그리고 그 영혼들은 각기 다른 영역에서 자기만의 고유한 방식으로 신과 교류한다. 그러므로 조각가의 출신 지역에 따라 조각에 반영되는 신념이나 신앙, 관습 들은 작은 부분에서 차이를 보일 수밖에 없다.

출신 지역과 문화에 따른 차이에도 불구하고, 쇼나 조각은 오래전부터 형성되어온 짐바브웨의 전통적인 신념들, 그 신념들이 현실 세계에 부여하는 정신적인 의미 등에 대한 자신의 관점을 표현하고 있는 경우가 일반적이다. 넓은 의미에서 같고 좁은 의미에서는 서로 다르다는 것 또한 쇼나 조각의 한 특징일 터인데, 도시화가 진행되면서 서구문화의 유입이 급물살을 타고 있는 오늘날에는 조각가들의 신념에 대한 태도가 날로 다양해지고 있으며, 우리는 작품을 통해 그 다양성과 변화의 흐름을 읽어낼 수가 있다.

쇼나 조각의 형성기부터 활동을 해온 원로 작가들은 대부분 대가족과 친족 관계로 구성되어 있는 전통적인 생활양식을 그대로 계승하고 있다. 이미 확고한 지위를 차지하고 있는 그들의 작품들은, 최근의 국가적인 변화들에도 불구하고 하나같이 전통적인 신념들을 유지하고 있다는 것을 확연히 증명하고 있다. 설령 생활 방식이 도시화되었다 할지라도 삶의 경험은 전통적이고 정신적인 신념의 기반 위에 있는 것이다. 혹 그러한 신념들에 기대어 살고 있지 않는다 할지라도, 그들은 자신이 속한 사회의 전통적인 신념들에 대한 존경심을 잃지 않고 있으며, 그 신념들이 사회의 도덕적 질서를 유지해주었다는 점을 인정하고 옹호하는 태도를 취하고 있다.

한편, 젊은 조각가들은 전통적인 신념들로부터 한 걸음 물러서서 그것을 나름의 시각으로 바라보고 의문을 제기하는가 하면 비판적인 태도를 취하기도 한다. 당연히 그들은 짐바브웨 조각가로 알려지기보다는 국제적인 조각가로 알려지기를 원하고 있으며, 서구권에서 활동할 수 있는 기회들을 모색하기도 한다. 수도인 하라레에서 활동하는 젊은 작가들의 경우는 그런 측면에서 좀더 적극적인 양상을 보여준다. 그들의 작품 또한 조각의 서구적 개념들에 대해 전향적인 태도를 취하며 이따금씩 실험적인 작품들을 제작하기도 한다. 반면 지방에서 활동하는 젊은 작가들은 원로 작가들과 비슷한 태도를 견지하기도 한다. 도시의 젊은 작가들과는 달리 그들에게는 짐바브웨의 신앙과 신념 들이 확고한 실체로서 작용하고 있는 것이다.

조각가들이 문화적 전통에 다소 개별화된 태도를 취한다고 해도, 전통사회의 신화적인 개념들이 주제에 미치는 영향력은 무척 강력한 것이다. 조각가들은 짐바브웨의 독립 이후 일어난 사회적인 변화들을 관찰하고 그것에 참여하기도 했지만, 일반적으로 그 변화들을 직접적으로 조각에 반영하는 일은 거의 없다. 그들에게 있어 조상 대대로 이어온 문화적 전통과 그에 대한 신념은 도시화의 진행이나 개인의 정치적 입장, 사회 환경의 변화를 넘어서는 궁극적이고 포괄적인 개념인 것이다. 작가들의 실제 생활에서 일어난 변화들에도 불구하고, 새로운 사회·정치적 상황들을 인식하고 반영할 만한 교육의 기회나 정치적 각성의 계기가 그들에게 주어지지 않았다는 것만으로 그 이유를 설명하기에는 한계가 있다. 보다 근본적인 이유는 문화적 전통을 대체할 만한 어떤 새로운 개념도 아직 등장하지 않았다는 데서 찾아야 할 것이다.

# 명상과 망치질

◆

　　　　　　　　"쇼나 조각가들은 수백 년 전 그
들의 조상이 도구를 내려놓았던 바로 그곳에서 도구를 집어든 것
처럼 보인다." 프랑스의 한 비평가는 쇼나 조각의 태동과 더불어
이렇게 말했다. 여기서 '수백 년 전 그들의 조상'은 신비의 석조
유적 그레이트 짐바브웨를 건설했던 이들을 말한다. 그들은 11세
기부터 15세기까지 남부 내륙의 패권을 장악하면서 위대한 쇼나
왕조와 찬란한 문명기의 상징처럼 되어버린 그레이트 짐바브웨
를 건설하였고, 그 안에 〈짐바브웨 버드〉라고 하는 석조 조형물
을 남겼다.

　다른 나라들도 크게 다르지 않겠지만, 짐바브웨의 시각예술문
화 또한 짐바브웨의 물리적 환경이나 자연적 특성 들과 밀접하게
연결되어 있다. 역사적으로 볼 때 짐바브웨 시각예술문화의 가장
풍요로운 부분은 그레이트 짐바브웨에서 찾을 수 있다. 유럽이
야만적인 암흑의 시대로부터 막 벗어났던 바로 그 시기에 쇼나의
조상들에 의해 세워진 이 유적은 오늘날 전 세계에서 몰려오는
방문객들이 보기에도 놀랄 만큼 뛰어난 건축술과 미적 감각을 보

여주고 있다. 돌과 돌 사이에 접착 역할을 하는 아무런 물질도 사용하지 않고 쌓아올린 이 웅대한 돌 구조물은 세련된 문명을 생산해낸 유럽인들조차 신비와 경이를 느끼게 한다.

어째서 그 웅대한 구조물은 돌로 만들어졌던 것일까? 사하라 이남을 통틀어 매우 이례적으로 보이는 이 유적에 담긴 비밀을 정확하게 해독해낼 수는 없다. 다만 이 지역에서 싹텄던 돌과 인간의 깊은 정신적 유대감이 작용했으리라는 추측을 하고 있는 것이다. 앞서 언급했던 것과 같이 조각가들 사이에도 문화적 차이가 존재하며, 그 차이로 인해 쇼나 조각은 집단적이면서 공통되는 상징적 언어를 가지고 있지 않다. 그러나 분명한 것은 그러한 차이에도 불구하고 조각가들은 하나같이 돌에 대한 존경심을 가지고 있으며, 매우 소중하게 다루고 있다는 것이다.

전통적으로 쇼나 조각가들은 돌 안에 영혼이 존재한다고 믿었다. 그리고 그 믿음은 존중되고 보존되어야 한다고 생각하며, 자신의 의지가 조각을 제작하는 것이 아니라, 돌 안에 스며 있는 영혼이 자신을 인도하여 조각을 완성하게 한다고 믿는다. 많은 경우, 조각가들은 처음부터 작품을 염두에 두고 돌을 선택하는 것이 아니라, 그냥 자연 상태로 훌륭해 보이는 돌을 선택한다. 한낱 덩어리에 불과했던 돌이 일정한 형상을 가진 작품으로 완성되기까지의 여정은 길고도 험난하다. 때때로 조각가들은 특별히 신비스러운 기운이 감도는 돌을 찾아 엄청난 거리를 여행하기도 한다. 돌을 찾고 고르는 이 고된 작업이 말하자면 조각의 시작이다.

원칙적으로 쇼나 조각가들은 조각을 할 때, 철저하게 돌의 형태에 따른 구상을 한다. 이것 또한 쇼나 조각만의 특징으로, 조각가들은 스케치를 하거나 밑그림 따위를 그리지 않으며, 가장 순수하게 돌의 지시대로 그 안에 숨어 있는 주제를 찾아낸다. 최근 젊은 작가들 중에서는 러프 스케치를 하기도 하지만, 그것은 어디까지나 일부의 경우다. 조각가와 돌이 서로간의 관계를 개발하여 자연스러운 일체감을 형성해나가는데, 인위적 조작을 배제한 순수한 아름다움은 아마 돌이 그들의 역사 속에서 함께 호흡하며 자연스럽게 녹아 있기 때문일 것이다.

돌을 고른 다음의 과정은 그저 돌을 묵묵히 바라보는 것인데, 돌에 대한 명상처럼 보이는 이 과정이 사실 조각에서 가장 중요한 부분이다. 작품의 메시지와 형태가 결정되는 순간이기 때문이다. 손 하나 까딱하지 않고 때론 지루하게 느껴질 정도로 길게 이어지는 이 과정이 자못 진지하고 심각해 보이는 것은 바로 그런 이유에서다. 쉽게 믿기지 않겠지만, 그렇게 한참 돌을 바라보고 있으면 돌 안에 일정한 형태와 작품이 담아야 할 주제가 보인다는 것이다. 말하자면 돌과의 첫 대면이야말로 손대지 않고도 조각의 절반을 완성하는 가장 긴장감 넘치는 순간인 것이다.

작품의 형태가 결정되면 조각가들은 한동안 돌의 쓸모없는 부분들을 깨버리는 일에 몰두한다. 그것도 오직 정과 망치를 이용해 돌을 조금씩 쪼아내는 더딘 방식으로 작업을 진행한다. 한 번의 망치질로 손톱만큼의 돌조각이 떨어져나갈 뿐이지만, 그들의 불끈거리는 어깨와 팔근육, 한곳에 집중되어 있는 눈빛과 얼굴을 흐르다 떨어지는 땀방울을 보면 어떤 종교적 경건함까지 느끼게 한다. 표면 처리는 작가에 따라 개성이 확연하게 드러나는 작업이며, 순수하게 작가의 의도에 따라서 이루어지는 작업이기도 하다. 원석의 자연미를 그대로 노출시키거나, 정으로 거칠게 쪼아낸 상태로 두거나, 끌로 무늬만 만들어 다듬거나, 매끄럽게 처리하거나 하는 방식에 따라 조각의 질감과 빛깔이 확연히 달라지기 때문이다. 또한 조각의 현란한 아름다움은 광택 때문이기도 한데, 광택의 유무와 정도에 따라 질감과 빛깔의 차이를 드러낸다.

조각가들이 돌에 절단기나 광택기 같은 기계를 사용하는 것을 매우 불경스러운 일로 여기는 것과, 모든 작품이 하나의 돌로 만들어질 뿐 서로 다른 재질을 결합시키거나 인위적 조작을 하지 않는다는 것, 그리고 작품을 완성하기 위한 최소한의 작업이 가해진다는 것 또한 돌의 영혼과의 깊은 정신적 교감에 의한 것이라 할 수 있다. 조각가들이 돌을 다루는 것을 보면 쇼나인들이 돌과 관계 맺어온 뿌리 깊은 역사에 대해 떠올리게 된다. 거꾸로 말하면, 수백만 년 전부터 그곳에 존재해 온 돌들이 조각에 역사성을 부여하는 것이기도 하다. 과거로부터 이어져 내려온 문화 속에서 쇼나 조각은 영원히 지속되고 있는 것이다.

# 텡게넨게 조각공동체

♦

　　　　　　　　　　짐바브웨의 수도 하라레는 아프
리카에서 보기 드물게 현대화된 도시 가운데 하나다. 도심에 들
어서 있는 고층빌딩들과 잘 가꾸어진 공원들, 분주히 움직이는
사람들의 행렬과 비교적 여유 있어 보이는 표정들, 활달해 보이
는 거리와 사람들로 붐비는 점포들…… 그러나 그 현대적이고
세련된 도시는 그 깊숙한 곳에 아프리카가 앓고 있는 여러 가지
복잡한 문제들과 결코 아름답다고 할 수 없는 사정들을 숨기고
있기도 하다.

　하라레를 벗어나면 짐바브웨라는 나라는 금세 외출복을 벗고
일상복으로 갈아입는다. 도시의 화려함과 분주함은 온데간데없
고 그저 한적하고 변화 없는 전원의 풍경을 보여줄 뿐이다. 남부
아프리카의 모든 나라들이 다 그렇듯, 도시를 벗어나면 시야의
절반 이상을 유난히 파란 하늘과 낮게 떠가는 구름들이 채우고,
푸르름으로 뒤덮인 완만한 능선들이 그 나머지를 채운다. 하라레
에서 텡게넨게에 이르는, 차로 두 시간 거리에서 관찰되는 풍경
또한 그것과 크게 다르지 않다.

하라레 시내에서 북쪽으로 2백 킬로미터 가량 떨어진 곳에 자리잡고 있는 '텡게넨게 조각공동체'는 짐바브웨 국립미술관과 더불어 쇼나 조각을 이끌어가고 있는 곳이라고 할 수 있다. 짐바브웨 담배농장 지대의 중심부에 위치하고 있는 탓에 이곳에 가까이 다가설수록 드넓게 펼쳐진 담배 경작지가 한눈에 가득 들어온다. 그 단조로운 풍경을 배경으로 이따금씩 마주치는, 현지인들이 '음사사'라고 부르는 나무 군락과 거대한 바위들이 그나마 그 길을 가는 동안 지루함을 달래준다.

이곳에 조각가들이 모여들기 시작했던 것은 이 공동체의 지도자라고 할 수 있는 톰 블룸필드의 지휘 아래 초기부터 활동해온 버나드 마테메라, 조시아 만지와 같은 걸출한 조각가들이 국제적인 명성을 얻기 시작하면서부터였다. 초기에는 쇼나 부족 출신 조각가들을 중심으로 형성되었지만 지금은 아프리카 전역에서 조각가들이 몰려들고 있는데, 누구나 원한다고 해서 이곳에서 작품활동을 할 수 있는 것은 물론 아니다. 나름의 방식에 의해 엄격한 심사를 거친 작가들만이 텡게넨게 패밀리가 될 수 있는 자격을 가지며, 텡게넨게에서 작품 활동을 시작한 후에도 줄곧 일정 수준 이상을 유지해야만 한다.

다른 작업장들과 달리 텡게넨게에 들어서면 또래들끼리 뛰어노는 반라의 아이들과 끼니를 마련하기 위해 일하는 여인네들, 거의 야생 상태에서 자라는 가축 무리들이 눈에 띈다. 조각가들

중 상당수가 공동 작업장 내에서 가족과 함께 생활하고 있기 때문이다. 그런가 하면 작가들의 다양한 출신 지역만큼이나 다채로운 아프리카의 문화들을 접할 수도 있다. 이 생동감 넘치는 삶의 모습이야말로 공동체를 이끌어가는 중요한 요소로 작용하고 있다. 이곳의 일상생활은 짐바브웨의 사회, 문화적 변화들에 영향을 받지 않은 채, 옛 모습을 그대로 간직하고 있다. 전통 악기인 음비라로 연주되는 흥겨운 음악, 흙으로 지어진 오두막과 원반 모양의 쟁기, 오래전부터 그들과 함께 살아왔던 닭들이 전통적인 아프리카의 삶의 방식에 대해 이야기해주고 있고, 예술가들은 옛 관습을 이어감으로써 자신들의 전통을 유지하고 있다.

공동체는 아프리카의 삶의 방식과 관습을 옹호하고 존중해 왔으며, 조각가들 또한 자신들의 문화적 전통을 소중히 이어가고 있다. 이렇게 옛것을 지켜간다고 해서 공동체의 삶이 정체되어 있는 것은 아니며, 도시적 삶의 방식이 유입되지 않는다고 해서 삶이 진부해지는 것도 물론 아니다. 옛것들이 비록 낡고 오래되긴 했지만, 지나온 세월만큼이나 부족의 문화적 향기가 진하게 배어 있는 것이기도 하다. 그리고 많은 사람들의 손을 거쳐온 것만큼이나 잘 다듬어져 윤기가 흐르는 것이기도 하다. 텡게넨게의 예술가들은 자신들의 정신문화유산을 온전히 보전하고 그 가치를 받들기 위해 전통적 삶의 방식을 유지하고 있는 것이다.

텡게넨게는 마치 처음부터 쇼나 조각을 위해 존재해온 것처럼 느껴지기도 한다. 잠베지 협곡을 향해 뻗어 있는 산에 의해 바깥 세계와 격리되어 있으며, 주변의 산들은 조각용 석재의 보고이다. 이곳에서는 조각이 마치 자연의 일부인 양, 개인 작업장과 조각가들이 거주하는 집 안팎으로 관목이 자라듯 뻗어나간 오솔길에 셀 수 없이 많은 작품들이 설치되어 있다. 오솔길을 따라 작업공간과 전시공간이 작가별로 나뉘어 있으며, 작품 관람은 그러니까 오솔길을 따라 천천히 걸어 산책하듯 진행된다.

텡게넨게는 체계적인 개발 프로젝트에 의해 시작된 것이 아니며, 정부나 다른 단체의 지원을 받으면서 설립된 것 또한 아니다. 톰 블룸필드를 중심으로 자발적으로 모여든 조각가들이 전통적인 삶의 방식을 유지하면서 일체의 외부 지원 없이 성공적으로 꾸려가고 있는, 세계에서 유례를 찾아보기 힘든 공간이다. 유럽 미술계의 비상한 관심과 더불어 텡게넨게는 많은 사람들에게 흥미를 불러일으키며 국제적 명소로 떠올랐다. 짐바브웨처럼 고립된 사회에서 텡게넨게 공동체의 운영은 매우 실험적일 수밖에 없었으며, 그것의 성공 또한 매우 중대한 의미를 갖는다. 문화적으로 분방한 사회에서도 자발적으로 형성된 다문화 예술공동체가 성공하기란 쉽지 않은 일이다.

텡게넨게는 단순한 조각가들의 예술공동체일 뿐 아니라, 가족들과 친구들로 이루어진 생활공동체이기도 하다. 그리고 경제적으로 성공한 사회적 실험공동체이기도 하다. 이런 공동체가 유지되기 위해선 무엇보다 공동체 내에서 사회적·인종적·문화적인 조화와 질서가 반드시 이루어져야 하는데, 그게 어디 말처럼 쉬운 일이겠는가. 더구나 공동체의 성격이 예술을 다루는 공동 작업장이고 보면 텡게넨게가 일궈온 지속적인 발전은 거의 기적처럼 느껴진다. 텡게넨게는 실험적인 미술운동의 살아 있는 예일 뿐 아니라, 지역사회의 발전이라는 면에서도 중요한 성공사례로 꼽히고 있다.

쇼나 조각이 국제무대로 진출할 수 있었던 중대한 동인의 하나를 제공했던 사람이 바로 톰 블룸필드였다. 영국과 아일랜드의 혈통을 물려받은 남아프리카 태생의 철광업자였던 그는 텡게넨게 조각 공동체를 설립하면서 교육받지 못한 아프리카인들을 후원하고 나섰다. 이곳에서 헤아릴 수 없이 많은 조각가들이 자신의 잠재력을 펼칠 기회를 제공받았는데, 그것은 경제적 궁핍과 열악한 교육환경 속에서 아프리카 예술가들이 누릴 수 있는 절호의 기회였다. 그가 작업과 생활이 가능하도록 공간을 마련해준 덕분에 조각가들은 전통적인 생활방식을 유지하면서 그곳을 방문하는 수많은 외국인들을 통해 바깥세계에 대한 정보와 지식을 얻을 수 있었으며, 조각가로서의 역량도 쌓아갈 수 있었다. 헨리 문야라지와 파니자니 아쿠다 같은 유명 조각가들도 그곳에서 작품활동을 시작했고 조각가로서의 기반을 다졌다.

이미 국제적 조각가의 반열에 오른 다수의 조각가들이 텡게넨게에서 활동하고 있음에도 불구하고 톰 블룸필드를 빼고 텡게넨게를 거론할 수는 없다. 드럼통 같은 몸매에 부분적으로 붉은빛이 도는 낯빛, 폭풍 속을 지나온 듯 제멋대로 헝클어진 웨이브가 굵은 백발. 흰 테두리가 달린 두툼하고 빨간 옷을 걸친다면 영락없는 산타클로스 할아버지의 모습이다. 오늘날 텡게넨게는 온갖 미디어의 주목을 받고 있지만 정작 톰은 별것 아니라는 반응으로 일관한다. 그는 자신이 공동체가 진보하는 데 공헌했다는 사실조차 깨닫지 못할 때가 많으며, 공동체의 성공 스토리에서 아주 소극적인 태도로 자신의 역할을 연기할 뿐이다. 텡게넨게가 이루어낸 것이 있다면 그건 전적으로 이 외진 곳에서 묵묵히 작업에 열중해준 조각가들의 몫이라고 여기는 것이다.

국립미술관의 프랭크 맥퀸과 텡게넨게 공동체의 톰 블룸필드는 쇼나 조각에 대해 서로 다른 입장과 견해를 가지고 있었지만, 두 사람 모두 조각가들이 견지하고 있는 문화적 배경의 중요성에 대해선 생각이 같다. 전통적인 문화에 내재해 있는 믿음과 규범들에 대한 표현으로서 조각을 하고자 하는 욕구에 대해 깊게 이해하고 있었던 것이다. 그들은 또한 아프리카의 경제적, 교육적인 제약들이 아프리카인들의 문화적 유산에 대한 이해와 그들의 정신적 깊이까지 제한하지는 않는다고 생각했다.

짐바브웨 국립미술관의 워크숍 스쿨과 텡게넨게 조각공동체는 아프리카 전통사회와 문화가 식민화로 잠식당하던 시기에 설립

되었다. 독립 후 진행된 도시화와 교육의 확대, 문화 이입에 의해 생겨난 새로운 가치들도 그곳에서 주창되던 문화적 가치들을 완전히 대체하지는 못했다. 특히 텡게넨게의 조각가들은 예술이 교육의 산물이라거나 기존의 가치들을 종합한 것이라는 식으로 교육받지 않았으며, 전통적인 문화적 가치들을 보존하고 강화하도록 격려받았다. 그곳의 조각가들에게 있어 예술은 사회의 책임 있는 구성원이자 가족의 부양자로서 자신들의 전통적인 사회적 역할을 계속 수행할 수 있게 해주는 새로운 생활방식일 뿐이었다.

## 주술과 정령신앙

🌢

　　　　　　　　　　아프리카 미술을 얘기하면 사람
들은 쉽게 마스크나 인물상 같은 나무 조각을 연상한다. 그러나
상식과 상상력을 동원해 조금만 더 생각을 밀고 올라가보자. 현
생 인류의 조상인 호모사피엔스와 관련한 가장 최근의 고고학적
발견은 아프리카의 에티오피아에서 이루어졌다. 그 발견의 내용
은 인류가 최소한 16만 년 이전에 아프리카에서 시작돼 각 대륙
으로 흩어져 오늘에 이르렀다는 것이다. 그렇다면 인류의 조상들
은 아주 오래전부터 아프리카 일대의 동굴이나 바위에 자신들의
족적을 남겨왔을 것이며, 이 지역에서 도시국가와 거대문명이 형
성되지 않았던 사실까지 비추어보면 그런 원시적인 형태의 유물
들이 꽤 풍부하게 남아 있으리라는 추측도 가능하다.

　수렵과 채집, 어로 등에 종사하던 획득경제시대에는 어느 지역
에서건 모든 인간 활동의 중심에 주술신앙이 있었다. 당시 선사
시대인들의 가장 크고 분명한 삶의 목표는 아마 '생존'이었을 것
이다. 어떻게든 살아남아야 한다는 그 절박한 소망 외에 별다른
삶의 가치는 없었을 것이다. 주술은 그 생존의 수단이었던 수렵

등과 관련해 풍요로운 수확에 대한 기원에서 비롯되었으며, 표현이 가능해지면서 상징적 의미들을 지니게 되었을 것이고, 나아가 주술적 사고방식을 가능하게 했을 것이다. 당시 조형 표현의 대상은 대부분이 동물상이나 성性을 과장한 여성상으로 선사인류의 지상명령과도 같았던 '일용할 양식과 종족의 보존'과 깊게 관련되어 있음을 짐작할 수 있다. 말하자면 선사시대의 동굴벽화는 바로 이런 주술신앙과 더불어 표현되었던 최초의 예술적 행위였다.

지금까지 알려진 바로 현생인류 중 아프리카 대륙에서 가장 오랫동안 살아왔던 인종은, 현재 칼라하리 사막 주변에 살고 있는 부시먼이다. 대부분 사라지기는 했지만, 부시먼들은 지금도 전통사회 속에서 나무나 짐승의 뼈, 가죽 등을 이용해 도구를 만들고 있으며, 후기 구석기시대의 특징이 남아 있는 사냥 방식에 의존해 살아가고 있다. 수렵을 생존수단으로 하는 종족들이 그렇듯이, 그들 또한 자연물에 무언가를 새겨넣는 방식의 예술을 발전시켜왔으며, 지형적인 특성상 거대하게 솟아 있는 바위 덩어리나 동굴의 벽이 주로 이용되었다. 이런 형태의 예술이 성행했던 장소는 사냥을 나갔던 무리들이 돌아와 정기적으로 모이는 곳으로, 성년식이라든가 다른 부족과의 결혼식 같은 중요한 의식들을 치르기 위한 공공장소이자, 부족공동체와 문화의 중심지로 여겨진다.

아프리카 미술의 가장 값진 보석 중 하나가 바로 그들이 남긴 벽화들이지만, 그들은 사냥을 위해 끝없이 떠돌아다녀야 하는 생활양식으로 인해 체계적인 조형미술을 발달시킬 수는 없었다. 예나 지금이나 문화는 생존 이후의 일이었으니까. 어찌 됐든 오늘날 우리가 익히 보아왔던 아프리카 미술의 대부분은 농경사회에 기반을 두고 정주생활을 했던 종족들에 의해 만들어진 것들이다. 그들은 대개 우림 지역에서 뿌리 작물을 경작했던 종족들이거나 그 주변에 분포하고 있는 사바나 지역에서 곡물을 재배하며 사는 종족들이었다.

우림이나 사바나 지역에서의 정주생활이 어떻게 조형미술을 일으킬 수 있었을까? 그 질문에 답하는 것은 그리 어렵지 않은 추측을 통해서도 가능하다. 무엇보다 먼저 생각할 수 있는 것은 재료 확보의 용이성이다. 부시먼들의 생활공간에 바위가 흔했던 것처럼 이들에게는 다양한 재질의 목재들이 풍부했을 것이고, 깎아서 다듬기에 적합한 재료의 특성상 이는 바로 조형미술의 부흥으로 이어졌을 것이다. 그리고 정주생활은 자연스럽게 건축의 발달로 이어졌을 것인데, 건축의 발달이란 곧 보존 공간의 확보와 수요의 증가를 의미한다. 이런 추측을 조금 더 밀고 나가면 인구의 증가와 왕조의 탄생, 성행하는 각종 의식과 전문적인 조각가의 출현 등을 유추해낼 수 있으며, 이런 것들이 결국 조형미술의 발전을 가져오게 했던 직접적인 동인이 되었을 것이다.

선사시대의 인류는 수렵과 채집에 의존하면서 동굴 생활을 했을 것인데, 해가 뜨고 지는 사이의 일이라는 게, 때가 되면 나가서 먹잇감을 구해오고 허기를 채우고 나면 한숨 늘어지게 잔 뒤에, 동굴 벽에 낙서도 하고 모닥불 주위에서 춤추고 놀다가 다시 사냥을 나가는 것의 반복이었을 것이다. 그들이 동굴 벽에 남긴 낙서들은 대개 다음과 같은 특징들을 가지고 있다. 비사실적이며 인상주의적인 수법의 그림이 대부분을 차지하고 있으며, 종교의식이나 주술과 깊은 관련을 가지고 있다. 동물들이 비교적 동적인 자세로 생생하게 묘사되어 있으며, 개개의 동물들이 정리된 구도 위에 있지 않고 독자적으로 묘사되어 있다. 자손의 번영이나 사냥의 대상이 되는 짐승의 번식, 풍성한 사냥의 수확에 대한 기원 등을 담고 있다. 이 모든 특징들과 관계를 맺고 있는 것이 바로 주술이다.

　　주술은 자연의 극복, 식량 해결과 사회통합 등 당시 인류에겐 매우 중요하고도 복합적인 기능을 했다. 당시 인류로서는 쉽게 해결할 수 없었던 모든 문제들이 결국 주술로 귀결되지 않았을까. 따라서 주술사의 역할은 곧 사회의 존립을 좌우하는 중대한 것이었으며, 이후로도 오랫동안 인류는 주술의 순기능에 삶을 의탁해왔다. 그러나 주술은 어디까지나 허구이며 최면이고 마법에 불과했던 것이지 현실은 아니었다. 이후 인류가 주술이 만들어놓은 수많은 금기들로부터 해방되면서 세계는 복잡해지기 시작했다. 그동안 주술이 너무나 많은 영역을 관장하고 있었기 때문이다.

그럼 아프리카의 경우는 어떨까? 북반구 대륙이 겪는 겨울이라는 불모와 추위의 고통으로부터 비교적 자유로웠으며, 도시국가의 형태로 발전하기보다는 부족 중심의 집단생활을 영위해온 그들에겐 주술의 순기능이 우세했을 것이다. 종교와 철학, 예술이 명확하게 분화하지 않은 채 주술의 영역 안에서 뒤엉킨 양상을 보이며 발전해왔을 것이다. 적어도 이슬람교와 기독교가 들어와 뿌리내리기 전까지는. 지금도 도시에서 떨어진 전통사회에서는 분화의 과정을 거치지 않은 원시적 형태의 주술이 공공연하게 이루어지고 있으며, 아프리카의 전통미술이 대부분 종교적으로 보이는 것도 바로 그런 이유에서이다.

아프리카 미술이 대체적으로 종교적 목적을 취하고 있다는 견해가 일반적인 정설로 받아들여지고 있는 게 사실이다. 그러나 '종교적'이라고 하는 건 조금 더 숙고해볼 필요가 있다. '종교적'이라고 해서 아프리카 미술이 종교미술이라고 말하기 힘든 것은, 아프리카의 종교가 중세의 유럽처럼 유일신에 대한 숭배로 획일화된 모습을 가지고 있지 않으며, 다만 정령신앙과 조상숭배에 대해 공통적인 태도를 취하고 있을 뿐이기 때문이다. 이 같은 현상은 고대 어느 지역에서나 발견되어왔던 원시종교의 한 형태로, 현대적인 관점에서는 종교보다는 '문화'로 해석해야 옳을 것이다. 어쨌거나 학계에서는 아프리카의 전통미술을 두고 부족미술, 또는 종교미술이라는 용어들을 유통시키고 있다.

아프리카 미술에서 보이는 정령숭배의 흔적들은 이를테면 이런 것들이다. 미술품의 주재료인 나무에 혼이 깃들어 있다고 보기 때문에 조각가는 그 나무의 혼을 달래주어야 하며, 따라서 조각 작업 자체를 예술행위보다는 의식의 일부로 여긴다는 점. 탈이나 선조의 조각은 혼이 머무는 집이므로 두 개의 정령을 담지 않는다는 점. 나무의 생명력을 제어해야 할 필요를 느낄 경우, 그보다 생명력이 강한 쇠못을 박음으로써 갈등을 피한다는 점. 탈이나 인물상 제작을 통해 생활용품을 만들 때에도 재료로 쓰이는 나무의 혼을 달랜다는 점 등이다.

위와 같은 점들은 회화 중심의 현대미술에서는 매우 희박하지만, 거기에도 문화적 정체성을 회복하려는 노력이 곳곳에서 보이며, 돌을 다루는 쇼나 조각의 경우에도 일부 조각가들 사이에서 정령숭배를 찾아볼 수도 있다. 그들은 구상에 의해 돌을 선택하지 않고, 재료를 먼저 선택한 다음 재료의 물성에 적합한 구상에 들어간다. 그리고 정과 망치를 돌에 대기 전에 돌의 정령을 달래는 간단한 의식을 치르기도 하고, 조각 행위 자체를 돌의 정령이 이끄는 대로 형태와 메시지를 찾아갈 뿐이라고 말하기도 한다. 작업을 일종의 의식으로 받아들이고 있는 것이다.

# 가분수와 숏다리의 비밀

●

　　　　　　　　　　　　　서구의 학계를 중심으로, 아프리카 미술에 대한 연구와 보고는 상당히 오랫동안 지속적으로 이루어져왔다. 그러나 초기의 연구들은 존재 자체를 보고하는 수준의 것들이 대부분이며, 해석하는 데 있어서 상당히 주관적인 경향들을 띠고 있는 게 사실이다. 나로서는 그 자료들을 읽어낼 재주가 없거니와, 또 꼭 그래야만 하는 필요성도 느끼지 않는다. 적어도 미술을 등지고 살아오지 않은 사람으로서, 그리고 아프리카에 각별한 애정과 관심을 기울이고 있는 사람으로서의 상식으로 작품을 바라보면 되지 않겠는가. 그 수준으로 바라보아도 오히려 난해한 건, 아프리카의 미술이 아니라 개념을 비틀거나 깨뜨리고 다시 만들어내는 서구의 현대미술 쪽이다.

　아프리카 전통의 기반 위에서 만들어진 조각상을 어떤 고정관념의 방해도 받지 않고 바라볼 때, 무엇보다 먼저 눈에 띄는 것은 작품들이 모두 정면을 응시하고 있다는 것이다. 조각들이 하나같이 다른 어떤 것을 바라보는 게 아니라 조각을 바라보고 있는 당신, 또는 나를 바라보고 있는 것이다. 그리고 그중 많은 경우가 좌우대칭을 이룬다.

그럼 우리가 교과서나 교양서적 들을 통해 수없이 보아온 그리스 시대의 조각들을 떠올려보자. 밀로의 비너스상, 아니면 미켈란젤로의 다비드상이라고 해도 좋다. 둘 다 공교롭게도 한쪽 무릎이 약간 굽혀져 자세가 삐딱하다. 비너스의 고개는 정면에서 15도가량 오른쪽으로 틀고 있고, 다비드는 아예 옆을 바라보고 있다. 비너스의 하반신을 감고 있는 천은 그 주름 하나하나까지 표현되어 있고, 다비드상에는 근육의 움직임들이 섬세하게 표현되어 있다. 심지어는 포경상태의 거시기(?)까지. 그렇다면 이 차이는 무얼 말하는 걸까?

그 차이에는 아마 서로 다른 환경과 문화, 종교관이 깊게 작용하고 있을 것이다. 이를테면 지중해 연안의 그리스는 인간과 자연이 조화로운 친화관계를 형성하고 있는 데 비해 아프리카는 대립적인 길항관계에 있기 때문에 아프리카에는 전지전능한 신들이 우글거리고, 그리스에서는 신마저도 인간의 모습으로 전락시켜왔다든지, 그러한 맥락에서 그리스에선 민주주의와 자연주의가 발전하고 아프리카에선 추상과 상징이 발달해왔다든지 하는 것들 말이다.

절대적 유일신이 존재하지 않았던 아프리카에선 인간의 현실적 요구들에 의해 복잡한 신들의 사회가 조직되었다. 신들은 가닿을 수 없는 먼 곳에 존재하는 것이 아니라 삶을 가능하게 하는 모든 것들에 존재한다. 아프리카 미술 또한 그런 맥락에서 이해할 수 있다. 그들에게 '예술을 위한 예술'이 존재하지 않는다는 지적도 그들의 예술이 철저하게 삶 속에서 빚어진 것들이기 때문에 설득력을 갖는다. 그들의 구체적인 삶 속에서는 무엇보다 자연과 질병을 극복하고 식량을 해결하는 문제가 중요했다. 지난하고도 긴 이 싸움에서 많은 신들이 탄생했으며, 그들은 신들을 통해 위안과 힘을 얻고, 문제를 해결하는 방법들을 찾았다. 이 과정에서 미술이 아주 중요한 역할을 담당해왔음은 물론이다.

그리스 조각상들의 얼굴이 삐딱한 것은 바로 옆에서 벌어지고 인간들의 상황이나 어떤 국면들을 바라봄, 즉 인간들의 세계에 대한 관심을 간접적으로 드러내는 것일 터이다. 반면 아프리카의 조각상들이 뚫어지게 정면을 응시하고 있는 건, 고단한 현실적 삶의 공간을 넘어 초자연적이고 절대적인 신의 세계에 이르고자 하는 의지와 욕망의 반영이거나, 신 또는 조상의 거룩한 손길이 깃들어 있기 때문일 것이다. 그것은 우리가 사찰이나 교회에서 절대적이고 신성한 존재를 마주 대할 때, 옆을 힐끔거리지 않고 항상 정면에서 바라보아야 하는 것과 마찬가지이다. 성스러움은 항상 정면으로 오는 것이다.

아프리카 조각에서 발견되는 또하나의 두드러진 특징은, 인물상이 인체 비례로부터 벗어나 있으며, 심지어 우스꽝스럽기까지 한 포즈를 취하고 있다는 것이다. 대개의 조각은 가분수이다. 머리와 몸통이 다른 부분에 비해 크게 만들어진 데 비해 다리는 상대적으로 매우 짧고 하나같이 무릎이 굽혀져 있다. 정상적인 성인의 인체라고는 느껴지지 않는 이 형태를 두고 서구인들은 한동안 조형적 미숙함으로 치부하며 아프리카 미술 자체를 비웃었다.

인물상의 신체적 특징은 성인의 것이라기보다 오히려 유아기의 신체에 가깝다. 더구나 그 조각에는 조상의 영험함이 깃들어 있어야 하지 않은가. 그 얼굴은 분명 성인이나 노인인데, 왜 아프리카 인물상은 하나같이 유아적 신체의 비례를 채택하고 있는 것일까. 그것은 인물상의 대부분이 조신상(祖神像)이며, 조상숭배의 주된 목적이 종족의 번성과 풍요를 비는 데 있음을 드러내기 때문이다. 새로 태어난 아이는 한없이 맑은 영혼과 깨끗한 몸을 갖고 있으며, 세대와 세대를 이어주는 성스러운 존재이므로 조상의 영혼이 머물기에 가장 적당하다. 다시 말하면 신생아와 조상은 매우 가까운 존재이며, 신생아는 조상의 또다른 모습일 수도 있기 때문이다.

아프리카 조각의 특징에 관한 다양한 견해들을 종합해 분석한 어떤 학자는 다음과 같은 특징들을 추려냈던 바 있다. 첫째, 조각들이 사실과 추상의 적당한 균형을 유지하고 있다. 둘째, 각 부분들이 명확하게 마무리되어 있으며, 표면의 빛나는 매끄러움으로 조각에 빛과 그림자가 어른거린다. 셋째, 조각이 똑바로 서 있는 자세에서 각 부분들이 대칭을 이루고 있다. 넷째, 작품의 주인공은 항상 전성기의 모습으로 표현되어 있다. 다섯째, 조각이 냉정함과 차분한 분위기를 띠고 있으며, 감정의 동요를 보여주지 않는다. 이러한 점들은 정면성의 원리를 적용하는 미술에서 많이 드러나는 특징들이다.

인종이나 문화, 종교적 측면에서 사하라 이남의 블랙 아프리카와는 상당히 다르긴 하지만, 정면성의 원리가 극명하게 나타나는 또하나의 예가 북아프리카의 이집트 미술이다. 이집트 문명은 농경에 적합한 나일 강 유역에서 발생한 인류 최초의 문명이었다. 이 문명의 출현과 더불어 인류 역사의 가장 중대한 패러다임들이 바뀌기 시작했는데, 그것은 채집경제에서 생산경제로, 유목생활에서 정착생활로, 주술신앙에서 체계적 신앙으로, 씨족 중심의 집단부락에서 도시국가로의 이행을 말한다. 이런 이행 과정을 통해 거대한 집단의지가 발현되었으며, 인류는 본격적인 역사시대로 들어서게 되었다.

이집트 문명 또한 그들이 처해 있던 독특한 자연환경 속에서 발현되기 시작했다. 비만 오면 범람하는 나일 강과 밑도 끝도 없이 펼쳐지는 사막은 그들로 하여금 기하학이라는 추상능력을 싹트게 했으며, 척박한 환경은 그들의 시선이 영원을 향하도록 만들었다. 범람한 강은 땅을 제멋대로 바꾸어놓지만, 기하학은 어떤 상황에서도 변하는 일이 없으며 사막처럼 막막하지도 않으니까. 영혼이 부활한다는 확고한 믿음이 있는 이상, 제아무리 삶이

고달파도 삶 저쪽 너머 영원의 세계에서 바라보면 아무것도 아니니까 말이다. 그리고 그 확고한 믿음의 연장에서 그들은 미라를 만들기 시작했던 것이다.

이집트 미술의 특징은 영원성에 대한 집착으로 요약할 수 있다. 이집트의 조각상들은 대부분 딱 벌어진 어깨와 투박한 가슴, 당당한 위용과 피안의 세계를 응시하는 육중한 자세의 전형을 하고 있으며, 전체적으로 다소 경직돼 보이고 뭔지 모를 팽팽한 긴장이 스며 있다. 신성한 의식을 치르고 있는 것처럼 조각상의 모든 신경 조직들이 하나의 관념에 반응하고 있고, 그 조각상을 둘러싸고 있는 공기와 시간의 흐름은 정지되어 있는 듯하다. 그건 아마 조각상의 인물이 영원의 세계로 공간이동을 꿈꾸고 있기 때문일 것이다.

조각상들의 눈을 보면 그 영원성의 의지가 더욱 확연하게 드러난다. 눈동자가 지상의 어느 한 지점, 어느 한 사물에 초점이 맞추어져 있지 않으며, 이쪽이 아닌 저쪽, 그 너머 어딘가를 깊이 응시하고 있다. 벽화나 회화처럼 조형이 아닌 평면미술에선 모든 얼굴들이 정확히 90도 옆에서 바라본 모습을 하고 있으며, 가슴은 앞을, 다리는 다시 옆을 향하고 있다. 마치 관절이 돌아가는 장난감 로봇 같은 그 모습 또한 영원히 변하지 않는 개념에 대한 집착이다. 얼굴은 옆에서, 그리고 가슴은 앞에서, 다리는 다시 옆에서 보았을 때 그 개념이 명확하게 드러나니까.

# 마침내 예술의 옷을 입다

♦

우리가 전혀 관심 두지 않았던 사실이지만, 서구 조각은 타 분야의 예술과 달리 중요한 비밀을 하나 숨기고 있다. 조각작품이 예술의 내부세계보다는 예술 밖의 세계와 밀접한 관계를 가져왔다는 점이다. 그리고 그 관계의 방식은 은밀하다기보다는 매우 노골적이다. 말하자면 서구의 조각은 지배 이데올로기와 공중의 이해를 반영하는 공공예술로서의 성격을 유지해왔다는 것이다. 물론 조각가 개인의 예술적 체험과 주관적 해석은 처음부터 거세될 수밖에 없었다.

주로 거리와 광장, 또는 공공의 건물 앞에 전시되었던 조각 작품을 관람하는 행위 또한 단지 관람만을 목적으로 하지 않는다. 관람을 위해 사전에 자료를 읽어보는 수고를 감수할 필요도 없다. 그저 조각상이 대변하고 있는 인물이나 사건에 대해 약간의 존경심과 관심을 표명하며 바라보기만 하면 된다. 물론 관람객 역시 반드시 예술을 사랑하는 애호가일 필요는 없다.

교회와 도시, 나아가 국가의 역사였으며 영웅들의 역사였고 탐험과 성취의 역사이기도 했던 조각의 역사는 근대 이후 대중매체들의 등장과 더불어 바뀌기 시작했다. 조각이 맡고 있던 사회통합의 기능을 대중매체들이 대체하기 시작했던 것이다. 조각에 대한 교회와 국가의 후원은 사라지고, 조각은 스스로 의미를 찾지 않으면 안 되는 불행한 처지에 놓이게 되었지만, 아이러니하게도 바로 그 지점에서 조각은 비로소 강요된 목적성의 굴레를 벗고 순수한 아름다움에 복무하는 계기를 마련하게 되었다.

이러한 변화가 조각에 끼친 영향은 가히 혁명적인 것이었다. 지시받은 것이 아니라 작품을 통해 작가 자신이 말하고 싶은 것을 자발적으로 표현한다는 것, 이것이 예술이 지녀야 할 가장 중대한 요건이기 때문이다. 어쨌거나 이제 조각은 거리나 광장 같은 공공장소가 아니라 미술관에 전시되기 시작했고, 작가에 의한 제작과 마찬가지로 관람 또한 관람객의 의도에 의해 이루어지게 되었으며, 회화처럼 순수하고 완전한 하나의 예술품으로 거듭나게 되었던 것이다.

외부세계로부터 별다른 영향을 받지 않고 자신들의 울타리 속에서 살아온 아프리카 부족민들은 현실과 가상, 실재와 상징이 분화되지 않은 삶을 살았다. 시대와 지역에 따라 차이를 보이기는 하지만, 아프리카의 전통미술은 상당히 오랫동안 그런 마법의 공간에 머물러 있었다. 종교와 예술과 과학이 뒤엉킨 채 하나의 도가니 안에서 들끓는 이 신화적 세계를 우리가 온전히 이해하기는 힘들다. 그 세계의 구조나 유물들, 특히 미술품에 대한 이해에 접근하는 방식은 일반적인 미술품들에 대한 독법과는 차이가 있을 수밖에 없다. 조형적인 요소로만 모든 것을 판단할 수는 없는 것이다.

아프리카의 모든 전통미술 작품들은 작가의 창작의도와 소장자의 미적 취향에 의해서 제작되고 보존되어온 것이 아니라 무언가 사회적인 기능을 해왔던 것들, 다시 말해 왕실이나 부족공동체, 또는 가정에서 어떤 구체적 목적을 가지고 쓰여왔던 것들이다. 우리들이 바라보는 아프리카 전통미술 작품들에는 이러한 배경들이 깔려 있다. 그것을 간과하거나 아예 관심조차 두지 않을 때, 아프리카 미술은 뭔가 서투르고 거칠며 예술적 유아기에서 벗어나지 못한 것, 다만 우리에게 익숙하지 않음으로 인해 시각적 호기심을 유발하는 물건들로밖에 보이지 않는다.

아프리카 전통미술에는 작품의 형태와 장식, 문양의 의미 등이 실타래처럼 복잡하게 얽혀 있지만, 거기에는 반드시 실마리가 존재한다. 실마리를 찾아 실을 따라가보면 복잡하게 얽혀 있던 실타래가 풀리면서 우리는 비로소 아프리카라는 비밀스러운 문을 통과하게 된다. 그리고 그 문에 들어서는 순간 영혼들이 숨 쉬는 검은 대륙을 만날 수 있으며, 종교와 예술의 원형들이 삶 속에서 꿈틀거리는 것이 보이고, 온갖 짐승들의 울음소리를 듣게 된다.

아프리카의 조각품들이, 민속학자들이 생각한 것처럼 부족문화의 유지를 위한 기능적 부산물이라기보다는 그 자체가 예술적 특징들을 가지고 있는 훌륭한 미술품이라는 것을 처음으로 인식한 예술가들은 피카소, 마티스, 드랭, 레제 등 19세기와 20세기에 걸쳐 있는 미술가들이었다. 당시의 많은 화가들은 산업사회의 기계적 메커니즘에 염증을 느끼면서 원시적인 생명력과 원초적 존재로서의 인간에 대한 표현을 모색하고 있었다.

피카소는 잘 알려져 있는 〈아비뇽의 처녀들〉에서 처녀들의 얼굴에 아프리카 가면의 이미지를 접목시켰다. 마찬가지로 야수파, 입체파, 다다이스트, 초현실주의 미술가들은 그림에 아프리카의 이미지를 차용했고, 조각품에도 아프리카 조각의 양감을 도입했다. 고갱은 아프리카 흑인예술에 자극을 받고 타히티 섬으로 갔으며, 루소는 원시미술의 한 전형인 '나이브 아트'라는 독특한 미술 양식을 창조했다.

이런 현상은 비단 화가들뿐만 아니라, 사실주의나 신경과민적인 표현 양식에 싫증을 느꼈던 사람들에게 어떤 신선한 공기를 제공하기도 했으며, 이후로 유럽인들에게 아프리카 조각품들은 작품 자체로서 힘을 발휘하기 시작했다. 문화적 측면에서의 해석이 아니라, 작품의 외관과 현존 자체가 예술적 의미를 띠기 시작했고, 작품의 주제 또한 기능적인 면이 아니라 형식에 내재해 있는 것으로 받아들여지기 시작했다.

아프리카의 조각품들은 박물관에서 미술관으로 옮겨지게 되었으며, 문화적인 의미로 분류되지 않고 스타일이나 형식에 따라

예술적 의미로 분류되었다. 민속학이나 과학, 인류학적인 용어들
또한 서서히 미술 용어들로 대체되었고, 유리상자 속에서 나와
전시대 위에 놓이면서 조명도 받게 되었다. 아프리카 조각품들에
대한 평가는 학자들이 아니라, 비평가나 큐레이터, 수집가 들의
몫이 되었으며, 마침내 예술적인 특징에 의해 가치를 인정받기에
이르렀던 것이다.

# 아프리카 부족미술의 아이콘들

◊

　　　　　　　　　　　어디를 가든지 책이 보이는 곳
으로 발걸음이 옮겨지는 게 오래된 습관 중 하나지만, 아프리카
에선 습관보다도 정보라는 현실적 요구로 인해 걸음이 옮겨진다.
'익스크루시브 북' 같은 남아공의 대형서점에는 제법 많은 책들이
잘 분류되어 있으나, 책값이 혀를 내두르게 할 정도다. 출판 인프
라의 부족 때문이겠지만, 책 한 권 값이 커피 두 잔 값인 우리나
라에 비하면 남아공 책값의 상대적 가격은 대단히 비싸다. 남아
공 같은 경우는 그래도 나은 편이며 아프리카의 다른 나라들에선
아예 책 구경 자체가 쉽지 않다. 그래서 주로 찾는 곳이 거리에
있는 중고서점들이나 주말 벼룩시장이다. 대부분이 시간 땜질용
책들이거나 인쇄가 조잡한 낡고 오래된 책들이지만 그곳에도 숨
겨진 보물은 있게 마련이다. 탄자니아 다르에스살람의 골목에서
중고 미술서적을 전문적으로 취급하는 노점을 발견한 것은 행운
이었다.

　"아프리카 원시미술에 관련된 책들을 찾고 있습니다만……"
　주인장의 얼굴에 갑자기 노기가 어린다.

"아프리카에 원시미술은 없소. 아프리카 전통미술이나 부족미술라면 모를까."

아차, 싶었지만 이미 자빠진 컵이었다. 미국 모마(MoMA)에서 출판한 『"Primitivism" in 20th Century Art』를 염두에 두고 꺼낸 말이 실수였다. 아프리카를 중심으로 한 지역미술이 20세기 현대미술에 어떻게 작용했는가를 고증을 통해 밝히고 있는 쾌저인데, 그 책에서조차 원시미술이란 용어를 쓰고 있기 때문이었다. '원시'라는 용어는 자신들이 문명의 정점에 있다고 믿고 있던 오만한 유럽인들이 그 상대적인 개념으로 만들어낸 말이다. 학계에서조차 일반화되어 있는 이 용어는 수정되어야 마땅하다. 이렇게 생각해보면 어떨까. 원시(原始)를 뒤집은 시원(始原)이 원시의 진정한 의미라고, 그렇게 보면 원시미술은 '프리미티브 아트(Primitive Art)'가 아니라 '오리진 아트(Origin Art)'가 된다.

'기원의 예술'임에도 불구하고 아프리카의 전통미술의 첫인상은 대부분 당혹감일 것이다. 이제까지 우리가 미술이라고 여겨왔던 것들과는 근본적으로 다른 그 무엇들이 시선을 압도해오기 때문이다. 아프리카 미술에 어느 정도 익숙해져 있거나, 아름다움의 기준에 대해 개방적인 태도를 취하는 사람들이라면 당혹스럽다기보다는 신비스러운 경험으로 여길 수도 있을 것이다. 그러나 그 신비스러운 경험도 우리에게 익숙한 아름다움과 근본적으로 다른 그 무엇에 대해서는 설명하지 못한다. 전통미술은 한 민족이 장구한 세월을 거치며 누려온 문화의 반영이므로 그 문화를 이해하기 전까지 '그 무엇'은 여전히 오리무중으로 남을 수밖에 없다.

전통적인 아프리카 미술은 겉으로 보이는 것보다 훨씬 더 구체적인 쓰임새와 영적인 힘을 지니고 있는 물건들이다. 그것을 바라보는 시선은 무엇보다 미술에 대한 복잡한 개념들로부터 자유로워질 필요가 있다. 이를테면 어떠한 고정관념에도 사로잡히지 않은 자유롭고 순수한 눈과 마음으로 바라보아야 한다는 것이다. 벌거벗은 눈과 비워진 마음으로 아프리카 미술품의 자연스러운 형태와 순수함의 진가를 깨닫기 시작한다면, 그것은 다음의 질문들의 답을 찾는 데 도움이 된다. '이 예술품들이 어떻게 사용되었을까?' '왜 그들은 이러한 방법으로 만들었을까?'

아프리카 문화와 역사의 발원지라고 할 수 있는 서부 아프리카에서 나타난 최초의 문화는 북부 나이지리아에서 태동한 '노크 문화'다. 니제르 강과 베누에 강이 합류하는 지점에서 출토된 테라코타 토기와 소상(小像)들은 이 지역에서 싹텄던 최초 부족사회의 유물들이며 블랙 아프리카 문화의 원형으로, 시기는 기원전 1천 년까지 거슬러올라간다. 기원후 차드 호반(湖畔)의 샤오 문화나 나이지리아 이페와 베냉의 청동 주조는 이후 찬란하게 펼쳐질 아프리카 조형미술의 부흥을 예고하고 있다. 오늘날까지 블랙 아프리카 미술 중에서 가장 우수한 것으로 평가받고 있는 이페와 베냉의 청동 조각은 아프리카의 일반적 조형 양식과는 다르게 매우 사실적인 기법으로 제작되었다. 이후 이러한 사실성을 특징으로 하는 자연주의 양식은 아프리카에선 거의 발견되지 않는다.

오늘날까지 전하는 아프리카 전통미술의 대표적인 모델들은 중부와 서부 아프리카에 집중되어 있으며, 동부 아프리카의 미술은 중서부의 미술과 사뭇 다른 양상을 보인다. 두 지역 사이의 가장 두드러진 차이는 무엇보다 생활방식의 차이에서 온다. 중서부 아프리카가 일찌감치 농경을 시작한 반면, 동부 아프리카는 전통적으로 유목에 의존해 생활해왔다. 마콘데 부족의 조각을 제외하고 동부 아프리카에서 나무 조각이 그닥 눈에 띄지 않는 이유는, 나무 조각이 농경문화의 산물이기 때문이다.

유목이라는 생활방식의 특성상 그들은 한곳에 정착하지 않았으며, 머물던 곳이 정들 만하면 또 소떼를 몰고 어디론가 이동을 해야만 했다. 수렵을 하는 부족들도 마찬가지겠지만 이동을 하는 부족들의 세간은 최대한 단출해야 한다. 그들에겐 굳이 조각상까지 만들어 짐을 늘릴 이유가 애초부터 없었던 것이다. 일부 동아프리카인들이 농장을 만들어 정착하는 일도 있긴 했지만 끝내 그 땅을 지키는 일은 드물었다. 좀더 나은 토양과 더 많은 곡식이 생산되는 곳으로 이동하는 일이 잦았기 때문이다.

나무는 아프리카 예술에서 가장 중요한 재료로 사용되었다. 그 재료를 얻을 수 있는 울창한 산림이 대부분 아프리카 서쪽과 중

앙에 위치한다는 것, 농경의 시작과 더불어 인구가 불어나고 왕권이 강화되며 많은 왕국들이 출현했다는 것 또한 미술문화의 부흥과 관련이 있다. 동부 아프리카의 공간적 배경은 대부분 끝없이 펼쳐진 푸른 들판이며, 조각에 쓸 만한 아름드리 통나무들이 흔치 않다. 남부 아프리카 또한 마찬가지이다. 오히려 남부 아프리카는 거친 토양의 준 사막지대가 넓게 분포한다. 오늘날 우리가 만날 수 있는 아름답고 정교한 많은 미술품들이 대부분 중서부 아프리카의 산물이라는 것은 이와 같은 사정을 전제로 한다.

그러나 동부 아프리카에서도 기원전부터 악숨 제국이 형성되어 있었으며, 인도양에서의 무역을 통해 이슬람 문화와의 접촉이 빈번했고 에티오피아에서는 오래전부터 그리스도교 문화가 번성하고 있었다. 비록 중서부 아프리카처럼 풍부하지는 않지만 이 지역에서도 뛰어난 미술품들을 만날 수 있다. 특히 에티오피아의 십자가 문양 세공은 놀랍도록 정교하고 아름답다. 그런가 하면 탄자니아의 마콘데족의 나무 조각은 후에 피카소가 직접적인 영향을 받았을 정도로 훌륭한 것들이었다.

한편 남부 아프리카에서는 타 지역과 다르게 평면미술의 전통을 가지고 있었다. 칼라하리 사막 주변의 동굴과 넓은 암벽에 남긴 암각화들이 그것들이다. 그 그림들을 남겨온 부족들이 흔히 부시먼이라 불리는 산족이다. 연조로만 말한다면 이 부시먼들이야말로 아프리카에서도 가장 오래전부터 사하라 이남 곳곳의 바위에 작품을 남겨온 아티스트들이다. 그 그림들은 문자가 없었던 부시먼들에겐 세대와 세대를 연결하는 소통의 한 방편이었고, 가장 중대한 공공의 목소리를 담고 있다.

나이지리아의 한 작은 마을에서 테라코타 두상들이 무더기로 발견되었을 때, 사람들은 그 물건들이 무엇을 의미하는지 알지 못했다. 아프리카의 다른 어느 지역에서도 찾아볼 수 없는 낯설고 독특한 형태의 조형물들이었다. 이후로 나이지리아의 곳곳에서 이와 유사한 양식의 도자기 파편들이 발견되면서 이것이 사하라 사막 이남에서 가장 오래된 문명의 흔적임을 알게 되었다. 노크 문화는 기원전 5세기 이전에 형성되어, 기원후 약 2백 년경에 이르러 그 종적을 감추기까지 서부 아프리카의 중심문화였다.

대부분 두상의 형태를 띠고 있는 이 유물들은 구운 점토로 만들어진 것들이었으며, 그 크기가 매우 다양하다. 실물 크기로 제작된 것들은 개개인이 숭배하는 대상과 밀접한 관련이 있는 것으로 보인다. 이 테라코타상의 가장 인상적인 특징은 섬세하게 표현된 헤어스타일과 조각들에 장식되어 있는 장신구들인데, 노크 문화의 수준 높은 조형 디자인과 창의성을 엿볼 수 부분이기도 하다.

노크의 인물상들이 양식화된 기법으로 표현되어 있는 반면, 동물상들은 매우 사실적으로 묘사된다. 왜 동일한 시대와 공간 속에서 대상이 인물이나 동물이냐에 따라 다른 기법이 사용되었던 것일까? 여기에는 아프리카 미술에서 종종 발견되는 또하나의 비밀이 숨겨져 있다. 만약 사실적으로 묘사된 인물상이 어떤 개인과 닮았다고 판단될 경우 마법을 부렸다고 문책을 당하기 때문이다. 그래서 어떤 부족들은 아예 사람의 얼굴을 조각하는 것을 금기시하기도 한다.

베냉의 미술이 밖으로 소개되기 시작한 것은
13세기 후반이었으나, 서구 미술계에 큰 충격을
던져주며 아프리카 미술의 실체를 알리게 된
것은 19세기 후반에 이르러서였다. 1897년
영국 해군이 베냉에서 징계조사를 벌이며
배상금조로 뛰어난 황동주조 미술품들과 상아
조각 등을 모조리 쓸어갔는데, 아이러니하게도
이로 인해 아프리카 미술의 우수성이 유럽에
알려지게 되었다.
영국인들이 베냉에 들어섰을 때, 그들은 엄청난
양의 황동 주조 작품을 보고 경악을 금치
못했다. 작품에서 보이는 기술적 정교함과
극도의 자연주의는 아프리카에 대한 19세기
서양의 일반적인 통념과는 거리가 멀었으며,
원시적 야만으로 가득 차 있으리라는 문화적
편견을 뒤집어놓기에 충분한 것이었다. 이후
유럽의 탐험대들은 아프리카 내륙으로 들어가
각 지역의 미술품들을 수집하는 데 열을 올렸고
유럽사회에 아프리카 미술이 범람하게 되었다.
베냉의 주조물들은 청동 주조로 표기하고
있으나, 사실 대부분의 작품들은 황동
주조물들이다. 베냉인들이 황동에 집착했던
이유는 황동의 표면에 어리는 붉은빛과 광택이
악한 세력을 가까이 오지 못하게 하는 능력을
가지고 있다고 믿었기 때문이다.

베넹의 내란을 잠재우는 데 큰 공헌을 했던
에시기에 왕의 어머니인 이디아의 모습을 담고
있는 이 상아 가면은 이디아의 추도식 때
에시기에 왕이 어머니의 넋을 기리기 위해
사용되었던 것이다.
이 가면은 형태상 아주 독특한 점을 가지고
있는데, 머리 위 왕관을 표시하는 부분에
포르투갈인들의 얼굴이 조각되어 있다는 것이다.
베넹의 역사에 의하면 북쪽의 이갈라족이
쳐들어와 왕국이 위험에 처해 있을 때, 포르투갈의
도움을 받아 이들을 물리치고 왕국을 지켜낼
수 있었다고 한다. 왕관 부분에 새겨져 있는
포르투갈인들은 그 역사적 사건을 암시하고 있다.
상아 가면 가운데 어떤 것들은 왕관 부분에
포르투갈인들 대신 폐어(肺魚)의 형상이 조각되어
있는 것들도 있는데, 포르투갈인들이 땅과 바다를
자유자재로 다니는 것을 물에서 헤엄치기도
하고 땅에서 움직이기도 하는 폐어의 특별한
능력에 비유한 것이다. 베넹의 미술에서 폐어는
초자연적인 힘이나 신비한 능력을 상징한다.
폐어는 건기가 시작되면 진흙 속을 파고들어가
길고 긴 하면(夏眠)에 들어가는데, 이 기간 동안
심장의 박동이 완전히 멈추어버렸다가 다시
우기가 시작되면 꿈틀거리며 부활하는 신비한
능력을 가지고 있기 때문이다.

마콘데 조각 가운데 가장 인상적인 것이 우자마, 협동, 화합 등의 의미를 가지고 있는 조각이다. '패밀리 트리'라고도 불리는 이 조각은 수많은 사람 형상들이 복잡하게 얽혀 있고 흑단으로 조각되어 얼핏 고암 이응로 화백의 군상 수묵을 연상케 한다. 그 우자마 조각이 바가모요 인근에서 제작되고 있다. 바가모요. '내 심장을 내려놓고 간다'라는 뜻을

가지고 있는 인도양에 접한 조그만 소읍이다. 노예무역이 성행하던 당시 노예들의 비탄에 잠긴 마지막 한마디가 그대로 이름이 되어버린 마을이다. 과거 아프리카 노예들과 상아를 실어나르던 곳에 설치되었던 수용소 시설. 지금은 노예 박물관이 되어 있는 이 유적에 누군가 이런 작품을 만들어놓았다.

탄자니아 마콘데 부족의 풍부한
문화적 자산과 그 우수성이 세상에
알려지기 시작했던 건 19세기
말부터였다. 부족 내에서 전통적으로
제작되어오던 마스크나 인물상 들의
조형미도 뛰어났지만, 이후 개개인의
탁월한 기량과 조형적 상상력, 그리고
독창성을 겸비한 직업적 조각가들이
대거 출현하면서 마콘데 조각은
비약적으로 발전했다. 전문 컬렉터들이
나타나고 세계의 저명한 박물관 소장품
목록에 오르기 시작한 것도 이와 때를
같이한다.

마콘데 부족의 탄생 신화는 훗날 펼쳐질
조각예술의 부흥을 예고하고 있다.
신화에 의하면, 태초에 강가에서 외롭게
살고 있던 한 존재가 어느 날 나무
기둥을 하나 가져와 여인상을 만들어
집 옆 양지바른 곳에 놓아두었는데,
이튿날 조각이 여인으로 변해 있었다.
곧 조각을 만들었던 존재는 그 여인을
아내로 받아들였으며, 둘 사이에서
생겨난 아이가 말하자면, 마콘데
부족의 시조가 되었다. 이 말은 마콘데
부족이 조각가의 영혼을 가지고 태어난
사람들임을 의미한다.

아프리카의 전통미술이 서구의 현대미술에
끼친 영향은 결코 작지 않다. 20세기 중후반에
들어와서도 많은 서구의 아티스트들이 아프리카를
눈여겨보면서 직간접적인 영향을 받았다.
탄자니아의 아티스트 릴랑가는 미국의 팝아티스트
키스 해링에게 영감을 주었던 것으로 유명하다.
실제로 두 사람의 작품 특성은 많은 면에서 겹친다.

릴랑가의 작품이 팝아트적인 특성들을 담고 있기는
하지만, 그의 정신적, 회화적 원천은 전적으로 동부
아프리카에 뿌리를 두고 있다. 화면을 가득 채우며
꿈틀거리고 있는 생명체들은 쉐타니, 우리 식으로는
도깨비 정도로 이해할 수 있는 수호정령들이며,
탄자니아 마콘데 부족 정신과 예술에서 중요하게
다루어지는 주제이다. 우화적 표현 양식과 원색적

색감 또한 팅가팅가 페인팅의 자유롭고 활달한
상상력과 동부 아프리카의 전통적 미의식에
근거하고 있는 것이다.

에드워드 사이디 팅가팅가(1932~1972)는
초등학교를 마치지 못한 채 농장을 전전하며
일했다. 다르에스살람으로 이주해 영국인 관료의
하인으로 일하다가 악단의 단원으로 활동하기도
했다. 틈틈이 주변의 물건들에 원색적이고
환상적인 동물의 이미지들을 그리곤 했는데,
이 그림들이 외국인들에게 인기를 끌면서
본격적으로 그림을 그리기 시작했다. 독창적인
스타일의 화풍으로 유명세를 떨치다, 마흔이
되었을 때 도둑으로 오인되어 경찰의 총에 맞아
사망하고 말았다.
현재 탄자니아에서 활발히 전개되고 있는
팅가팅가 페인팅의 효시가 바로 그이다. 다채로운
동물 모티프는 여전하지만 최근 들어선 인물이
화폭에 등장하기도 한다. 에나멜 물감이나 고광택
도료를 혼합하지 않고 사용하는 원색과 광택,
환상적 구성은 오직 팅가팅가 페인팅만이 가지고
있는 특징이다.
에드워드 사이디 팅가팅가의 아들은 내게 자신의
작품을 자랑삼아 보여주었는데, 그에게 실망한
후로 내 컬렉션 품목에는 팅가팅가가 빠져 있다.
그는 아버지의 그림을 열심히 베껴대고 있었다.
사인까지 베끼지야 않겠지만……

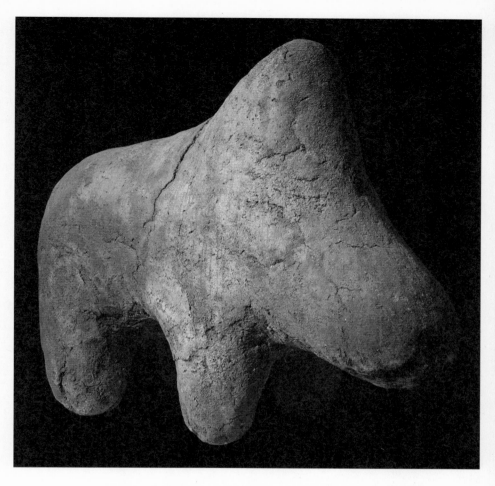

전통적인 아프리카의 미술은 농경사회에서 꽃을
피우는 경우가 많았는데, 바마나족의 티와라
마스크 또한 아프리카 농경문화의 산물이라고
할 수 있다. 바마나족은 사하라 사막 남부에
접한 말리의 건조한 사바나 지역에 거주한다.
이 지역은 건기와 우기에 따르는 날씨 변화가
거주민들의 삶에 지대한 영향을 끼치는 곳이다.
우기가 적절한 시기에 시작되는가, 곡물의 성장기
동안 충분한 강수량이 유지되는가에 따라 한 해
동안 먹을 곡식의 양이 결정된다. 만약 우기에
강수량이 절대치에 이르지 못하면 초근목피의
고통을 감내해야 하는 사태가 벌어질 수도 있다.

다시 말해 바마나 사람들의 생존과 생명은 날씨의
변화에 결정적으로 좌우된다. 뜨거운 열기를
내뿜는 몇 달이 지나고 대개 5월경이면 비가
내리기 시작하는데 이때 농부들은 밭을 경작하기
시작한다.
바마나 사람들이 신성시 여기는 하마 또는
들소를 형상화한 것으로 여겨지는 볼리 상을
모신 제단에서 행해지는 풍요제는 사회통합을
유지하는 데 가장 중요한 기능을 수행한다.
농업을 기반으로 하는 개인의 생존수단과 부족의
정체성을 확인하면서, 규율과 관습을 통해 갈등을
해소하고 조율하는 역할을 하기 때문이다.

바마나의 신화에는 문화적 영웅의 원형격인 반인반수의 선조가 등장한다. 이 조상이 창조자의 명을 받아 바마나 사람들에게 밭을 경작하는 법을 가르쳐주었고 마법의 힘으로 씨앗에서 옥수수와 보리를 만들어냈다고 전해지는데, 그가 '농경의 야생동물'이라는 의미를 담고 있는 티와라이다. 바마나 사회에서는 자신의 밭을 성실하게 경작해 가을에 풍성한 수확을 올리는 사람에 대한 존경심이 대단히 높다. 농자천하지대본의 사회이념과 전통의 계승자들인 셈이며, 티와라의 현생이기도 하다. 티와라 마스크는 이들에 의해 농업의 탄생에 대한 신화를 재연하는 의식에 주로 사용되었다.

티와라 마스크의 머리장식은 암수 한 쌍으로 이루어져 있으며, 암수가 각각 오릭스 영양의 가늘고 길며 뾰족한 뿔과 힘센 론 영양의 우람하면서 뒤로 구부러진 뿔로 표현된다. 어떤 것은 암영양의 등에 작은 새끼 영양이 앉아 있는 것도 있는데, 그 형태가 가족이라는 틀 안에서 변주되는 것은 농본사회의 특성이기도 한 다산성과, 부족의 영속성에 대한 의지의 표현이 아닐까 싶다. 그런데 그 모습이 왜 하필 영양일까? 그들이 살고 있는 건조한 사바나 지대에선 영양처럼 재빠르고 힘세며 위협적이지 않은 초식동물도 없다. 추측건대, 자연과의 조화로운 관계와 근면성을 중요한 덕목으로 여기는 그들 자신과 동일시하기에 영양은 가장 이상적인 동물이었을 것이다.

콩고의 욤베족은 부족 왕의 신성한 권력이 치유의 능력을 가지고 있다고 믿고 있다. 통치자들이 이러한 치유의 능력을 사용하여 자신과 백성들을 위험하는 사악한 기운을 물리쳐왔다는 것이 그들의 오래된 믿음이다. 이 위대한 힘을 가진 조각상들이 은콘디이며 그중 가장 강력한 힘을 지닌 것이 은키시 은콘디이다. 본래 은콘디는 '손톱'을 뜻하는데, 조각상에 박아넣은 못과 칼날 또는 그 물질들이 박혀 있는 조각상 자체를 의미하며, 은키시는 치료 의식, 보호 주술 등을 가리킨다. 신성한 힘으로 가득 차 있는 조각상들은 통치자의 즉위식 때 새로 등극한 왕을 보호함과 동시에, 자손들이 선조들의 법을 계속 따르도록 고안된 것이다.

칼을 높이 치켜들고 있거나 양손을 엉덩이에 올려놓고 있는 젊은이의 위풍당당한 모습은 부족의 규율을 집행하는 자의 위엄과 자신감을 보여주면서 그 선조로부터 이어온 규율의 절대성을 강조하고 있는 듯하다. 몸체는 긴장으로 가득 차 있지만, 엄격한 대칭과 정면성으로 인해 육체의 내부에 화산을 품고 있는 듯한 힘을 보여주고 있다. 못과 쇳조각 들이 수도 없이 박혀 있음에도 불구하고 한 치의 고통과 두려움도 담고 있지 않은 의연한 자세는 끊임없이 부족을 위협하고 있는 사악한 기운들에 맞서는 통치자의 모습을 의식한 것처럼 보인다. 크게 부릅뜬 눈과 드러난 치아, 두터운 입술과 단호한 표정 또한 부족의 수호자로서 갖추어야 할 외양으로 손색이 없다.

요루바인들은 인간의 땅에 살고 있는 신 오리샤를
숭배하기 위해 그 모습을 나무에 조각하여 우리의
사당을 닮은 신전 안에 모신다. 그 가운데에는
인간의 운명을 관장하는 지혜의 신, 책략가이자
전령의 신, 수렵과 대장간의 신도 있다. 특히
천둥과 번개, 폭풍의 신인 샹고의 모습이 유독
자주 보인다. 번개와 폭풍을 마음대로 움직인다는
것은 곧 인간의 생명을 통제하는 절대적인 권력을
의미한다. 폭풍을 동반한 번개는 인간이 들을 수
있는 가장 큰 소리이며, 번쩍이는 강렬한 불빛은
대지를 갈라놓을 수도 있는 무시무시한 것이다.
이는 요루바의 강력한 왕권을 암시하는 것으로
샹고를 모시는 지역에선 왕들의 대관식이 대대로
샹고의 신전에서 이루어졌다.
샹고의 신전은 요루바 미술의 중요한 특징 가운데
하나이기도 한 화려한 조각들로 장식된 문과 뛰어난
조각가들에 의해 제작된 기둥으로 꾸며진다. 샹고의
신전이 건축된 후에 비로소 요루바의 왕궁이 모습을
갖추게 되었다고 할 정도로 요루바인들에게 미치는
샹고의 힘은 절대적이다.

나이지리아 요루바족은 아프리카 전통미술과
관련해 가장 빈번하게 거론되는 부족이며,
아프리카에서 예술품 제조 전통을 가진 가장
큰 부족이기도 하다. 일찌감치 강력한 왕권을
출현시켜 정교한 양식의 대규모 궁전들을
건설하고, 상주인구 2만 명이 넘는 큰 규모의
도시들을 거느리고 아프리카 문명의 중심에

있던 부족이다. 물론 당시로서는 아프리카의 최대
규모라고 할 수 있는 거대한 도시였다.
20세기 초 당대 최고의 조각가 올로웨가 제작한
왕의 옥좌는 강력한 왕권과 권위를 암시하고 있다.
아프리카 최초로 노벨문학상을 수상했던 월레
소잉카가 바로 요루바 출신이다.

겔렌데 의식은 요루바족 사이에서 나이든
여성들의 힘에 대한 존경과 경의를 표하며 악한
세력을 물리칠 목적으로 행해지는 의식이다.
겔렌데 의식이 진행되는 동안 사람들은 얼굴
모양으로 깎은 헬멧형 마스크를 쓴다. 가면의
꼭대기에는 정교한 머리장식이나 사람의 동작을
상징하는 조각물이 붙어 있다. 의식이 치러지지
않을 때는 보통 신전 안에 모셔져 있으며,
사람들은 가면에 술을 바치고 기도를 한다고 한다.
가면의 얼굴에 나 있는 상처는 요루바 미술의
특징이기도 하다.

아산테인들에게 황금은 태양을 상징하며, 태양이
가지고 있는 불멸의 영속성은 생명과 인내력을
의미한다. 그리고 의자는 왕의 강력한 권위의
상징이다. 전설에 의하면 어느 날 하늘에서
황금의자가 내려와 왕의 무릎 위에 사뿐히
올려졌다고 한다. 이후 아산테는 주변 세력들을
통합해 해안에서 밀림과 대초원에 이르는 드넓은
영역에 정치적 영향을 미치는 전성기를 맞게
되었다.
15세기에 아프리카의 서해안에 발을 디뎠던
유럽의 탐험가들은 기니아 만 연안, 현재
가나의 땅에 도착했을 때, 엄청난 양의 황금과
아름다운 미술품들에 깜짝 놀라 이 지역을
'황금해안'이라고 불렀다. 유럽과 북아프리카
무슬림 세력들과 벌였던 금 교역은 당시 아산테
번영의 주요 원동력이었다. 황금의자의 전설은
찬란한 황금시대의 주역이 아산테 부족이었음을
말해주며, 오늘날까지 아산테인들에게 부족의
역사, 종교, 문화적인 의미들을 전달하고 있다.

아샨테의 아쿠우아라는 여인의 소망은 아이를
갖는 것이었으나, 이 여인은 오랫동안 아이를
갖지 못했다. 왕은 그 여인에게 나무로 만든
아이의 형상을 만들어 지니게 했는데, 머지않아
거짓말처럼 딸아이를 낳게 되었다. 이 조각이
아쿠아바이다. 이후로 여자가 아쿠아바 조각을
휴대하고 다니면 어여쁜 여자아이를 낳는다는
소문이 퍼져 이 조각을 더욱 유명하게 만들었다.
아이가 사라졌을 때, 아쿠아바 조각을 음식과 함께
숲의 언저리에 두면 아이를 사라지게 한 악령을
유인해 아이를 찾을 수 있다는 게 이 조각의 또다른
용처이기도 하다.

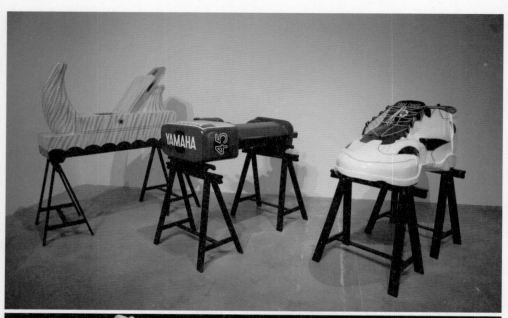

우연이 예술을 낳기도 한다. 카네 크웨이의 경우가
그렇다. 그는 현대에 이르러 가장 독창적이며
유머러스한 방식으로 아산테 미술의 저력을 세계에
알렸지만, 엉뚱하게도 그의 직업은 목수였다. 평생
어부로 살던 삼촌이 그에게 자신의 삶을 축복해줄
통나무 관 제작을 부탁했던 것이 발단이 되었다.
관은 아름답게 만들어졌고, 이후로 많은 사람들이
자신의 인생을 대변해줄 형상의 관을 주문하게
되면서 유명세를 타기 시작했던 것이다. 어부였던
삼촌의 관은 물론 물고기 모양이었으나, 택시 회사
사장을 위해 벤츠 자가용 모양의 관이 제작되기도
하고 많은 자녀를 낳았던 여인을 위해 닭 모양의
관이 제작되기도 했으며, 여행가를 위해 비행기
모양의 관이 제작되기도 했다. 이 독특한 관들이
국제적으로 알려지면서 카네 크웨이는 마침내
목수에서 아티스트가 되었다. 카네 크웨이는
1992년에 작고했지만 지금도 이 관들은 유럽의
명망 있는 미술관들을 순회하며 전시된다고 하니,
알다가도 모를 게 현대미술이긴 하지만 그래도
뒤샹이 뒤집어놓았던 소변기보다는 한결 설득력이
있다는 생각도 든다.

## 에필로그

♦

　　　　　　　　　영국의 전설적 록그룹 레드 제플
린의 드러머 존 본햄의 드럼 솔로 연주곡이 있다. 레드 제플린의
마지막 앨범 CODA에 수록되어 있는 〈Bonzo's Montreux〉, 그게
내 가슴에 천둥과 벼락의 울림을 만들어놓았다. 고등학교에 갓
입학했을 때의 일이다. 그해 끄트머리에 존 본햄은 죽고 레드 제
플린은 활동을 접었지만, 그가 남긴 드럼 연주곡은 내 두개골을
두드려댔고, 결국 등록금에 손을 대는 사태를 빚고야 말았다. 베
이스 페달을 밟을 때마다 삐거덕거리는 소리를 내는 중고 드럼을
사는 데 등록금을 유용했으니, 말 그대로 대형사고였다. 한 달을
꼬박 이리 뛰고 저리 뛰면서 등록금의 공백을 채워놓으면서 모든
게 완전범죄로 끝났지만, 그 기간 동안 시달려야 했던 죄의식과
불안감은 피를 말리는 것이었다.

　대학에 복학하면서 운 좋게 방송작가 일을 겸할 수 있었는데,
학생으로선 제법 돈벌이가 쏠쏠했다. 학비를 맞추고도 가끔 후배
들 술값을 댈 만한 돈이 되어주었다. 그러나 최민식 사진집 『이
사람을 보라』(분도출판사 刊)는 다시 한번 나를 충동질했다. 지금은

없어진 종로서적에서 한 시간 가량 이 사진집을 뒤적이다 종로 3가 카메라 골목으로 달려가 니콘 FM2를 집어들고 고이 모아놓은 학비를 몽땅 바치고야 말았던 것이다. 학비를 맞추느라 학기 내내 아르바이트 하나를 더 끼고 살아야만 했다. 주말이면 카메라들 들고 시외버스를 갈아타가며 서해안의 포구들과 시장 같은 곳을 쏘다니기까지 했으니, 사고의 후유증은 고개를 가누기조차 힘든 피로를 동반했다. 철없던 시절, 꽂히면 저지르고야 마는 충동적 성향이 빚어낸 사고들이었다.

그러나 이 사고들은 서른 중반의 나이에 아프리카를 선택했던 것에 비하면 지극히 경미한 수준의 것들이다. 직장을 버리고 이제까지 악전고투해가며 쌓아온 모든 기득권과 노하우를 포기해야 하는 아프리카 행이야말로 나머지 인생이 엉망으로 꼬일 수도 있는 초대형 사고였다. 침착하자, 조금만 더 침착해지자고 주문을 걸었으나 결국 회사에 사표를 냈고 퇴직금을 들고 아프리카로 날아가고야 말았던 것이다. 이게 사고가 될지 사건이 될지는 오직 하늘만이 아는 일이니 신념만은 잃지 말자, 그렇게 다짐하면서.

누구도 가지 않았던 길을 간다는 건, 많은 시행착오들을 감수할 수밖에 없는 일이다. 게다가 그게 아무런 연고와 정보도 없는 아프리카에서의 일이라면 문제는 좀더 심각해진다. 좌충우돌했으나 좌고우면하지 않았던 것은, 나의 무모한 도전과 모험이 설령 실패로 끝나더라도 훗날 부끄럽지 않은 기억으로 남으리라는 명분과 열정의 소산이었다. 분명하지 않은 무언가를 선택한다는 건 분명한 많은 것들을 포기하는 일에 다름 아니다. 그러나 많은 것을 잃더라도 한 번쯤 관철시키고픈 가치가 누구에게나 있는 법이다. 그것을 실행하는 것, 결과에 대해 묻지도 따지지도 않고 감행하는 것, 그게 청춘의 소임일 것이라고 생각했다.

아프리카 미술은 아름다웠다. 그 아름다움에 빠져 국내에 알려져 있지 않던 쇼나 조각과 부시먼 페인팅, 웨야 아트를 소개했다. 전시 기획에서 작품 수집, 설치와 홍보에 이르는 모든 일들을 혼자 처리해야만 하는 고된 여정이었다. 더러 예상치 못했던 어려움들이 발목을 잡기도 했지만, 누구도 맛보지 못하는 즐거움이 따랐으므로 견딜 만했다. 서구의 거장들이 보여주지 못했던 새로운 조형의 세계, 현대미술이 놓치거나 채워주지 못했던 감동의 코드가 그곳에 있었다.

내가 시작했던 일을 지금 하고 있는 사람들이 있다. 그 일이 그들의 생계에 얼마나 도움이 되는지는 모르겠지만, 내가 이 나라의 일자리 창출에 기여한 바가 있다니! 라고 생각하면 키득키득 웃음이 난다. 그러나 사소하기 그지없는 일임에도 불구하고, 아름다움을 바라보고 해석하는 또다른 각도를 제공했다는 자부심만큼은 포기하고 싶지 않다. 그 자부심이 없었다면 이 책 또한 빛을 보지 못했을 것이다. 그간 아프리카가 내게 들려주었던 아름답고 따뜻하며, 또 조금은 슬프기도 한 은밀한 속삭임을 이제 여러분들께 들려주고 싶다.

2012. 12. 정해종

# 디스 이즈 아프리카

© 정해종 2012

초판 1쇄 인쇄 : 2012년 12월 10일
초판 1쇄 발행 : 2012년 12월 20일

지은이 : 정해종

펴낸이 : 강병선
편집인 : 김민정

편집 : 김필균 강윤정 김형균
디자인 : 이기준

마케팅 : 신정민 서유경 정소영 강병주
온라인 마케팅 : 김희숙 김상만 이원주
제작 : 서동관 김애진 임현식
제작처 : 영신사

펴낸곳 : (주)문학동네
출판등록 : 1993년 10월 22일
제406-2003-000045호
임프린트 : 난다

주소 : 413-756 경기도 파주시 문발동 파주출판도시 513-8
전자우편 : blackinana@hanmail.net / 트위터 : @nandabooks
문의전화 : 031-955-2656(편집) 031-955-8890(마케팅) 031-955-8855(팩스)
문학동네카페 : http://cafe.naver.com/mhdn

ISBN : 978-89-546-1967-7  03810

www.munhak.com